MARVEL

THOR RAGNAROK

MARVEL

THOR RAGNAROK

ADAPTAÇÃO DE JIM McCANN
BASEADO NO ROTEIRO DE TK
HISTÓRIA DE TK
PRODUZIDO POR TK
DIRIGIDO POR TK

MARVEL
marvel.com

novo século®
São Paulo, 2017

COORDENAÇÃO EDITORIAL
Vitor Donofrio

EDITORIAL
João Paulo Putini
Nair Ferraz
Rebeca Lacerda

GERENTE DE AQUISIÇÕES
Renata de Mello do Vale

ASSISTENTE DE AQUISIÇÕES
Talita Wakasugui

TRADUÇÃO
Tássia Carvalho

P. GRÁFICO E DIAGRAMAÇÃO
Vitor Donofrio

REVISÃO
Alline Salles (AS Edições)

CAPA
Ching Chan

ADAPTAÇÃO DE CAPA
Vitor Donofrio

Texto de acordo com as normas do Novo Acordo Ortográfico da Língua Portuguesa (1990), em vigor desde 1º de janeiro de 2009.

Dados Internacionais de Catalogação na Publicação (CIP)

McCann, Jim
Thor: Ragnarok
Jim McCann; [tradução Tássia Carvalho].
Barueri, SP: Novo Século Editora, 2017.

Título original: Thor: Ragnarok

1. Literatura norte-americana 2. Super-heróis – ficção
3. Thor (personagem fictício) I. Título II. Carvalho, Tássia

17-1248 CDD-813

Índice para catálogo sistemático:
1. Literatura norte-americana 813

Nenhuma similaridade entre nomes, personagens, pessoas e/ou instituições presentes nesta publicação são intencionais. Qualquer similaridade que possa existir é mera coincidência.

NOVO SÉCULO EDITORA LTDA.
Alameda Araguaia, 2190 – Bloco A – 11º andar – Conjunto 1111
CEP 06455-000 – Alphaville Industrial, Barueri – SP – Brasil
Tel.: (11) 3699-7107 | Fax: (11) 3699-7323
www.gruponovoseculo.com.br | atendimento@novoseculo.com.br

Thor, filho de Odin e príncipe de Asgard, está longe de casa em busca de respostas. Ele teve a visão de uma crescente e misteriosa escuridão que em breve alcançará seu reino.

As coisas em Asgard andam estranhas durante a ausência de Thor. E, quando as coisas estão esquisitas, geralmente a causa mais provável é algum plano de Loki, seu irmão. Desta vez não seria diferente.

Ao descobrir que Loki induziu o pai a um estado de confusão mental e lançou-o para a Terra, Thor leva seu ardiloso irmão para uma missão a fim de resgatar Odin. Uma pequena ilusão faz ambos aparecerem disfarçados na cidade de Nova York.

Enquanto eles partem para retornar a Asgard...

... são emboscados e arremessados através de um portal para outro mundo. Thor encontra-se em um planeta chamado Sakaar.

Ele logo percebe que o lugar é perigoso, mesmo para um asgardiano que se considera membro dos Vingadores. Thor é atacado por criaturas com uma rede elétrica.

Felizmente (ou não), Thor é avistado pela Cata-Sobra 142, também conhecida como Valquíria. Ela intervém, lutando contra os alienígenas, mas não ajuda Thor a escapar da rede. Em vez disso, arrasta-o para longe.

Valquíria o leva ao Grão-Mestre, que governa Sakaar e organiza o que chama de Torneio de Campeões, em que guerreiros lutam na arena para multidões colossais.

E é claro que Loki já está lá, radiante em ver o irmão capturado.

O Grão-Mestre e seus assistentes preparam Thor para a arena. Se ele conseguir vencer o atual campeão invicto, o Grão-Mestre o libertará para que retorne a Asgard e continue sua missão.

A luta será bem mais difícil do que Thor poderia imaginar. O Campeão não é ninguém menos que o companheiro vingador, Hulk, que não tem interesse algum em se unir a Thor. Ele apenas quer lutar.

Mas Thor consegue se conectar com o alter ego de Hulk, o genial Bruce Banner. Ambos continuam bons amigos, e Bruce quer ajudar Thor a sair de Sakaar.

Com a ajuda de Banner e a inesperada volta de Valquíria, Thor consegue achar uma nave. Finalmente, ele começa a encontrar o caminho de volta para casa.

Mas, para chegar lá, Thor enfrentará o maior desafio de sua vida: a imemorial e malévola Hela.

1

PRIMEIRO, sentiu o calor que irradiava por todo o local, o som de chamas crepitando, um odor de enxofre e fumaça persistente no ar a cada respiração.

Sua respiração. Isso veio em segundo lugar. Thor respirava avidamente enquanto tentava virar. O hálito voltava ao seu rosto com rapidez, fazendo-o perceber que estava num espaço confinado. Um caixão?

Então as correntes. Ele estava todo preso com pesadas correntes de ferro, que o prendiam com firmeza, atadas aos seus pés. Pendurado de cabeça para baixo – e uma caixa de madeira do tamanho de um caixão de defunto era tudo o que o separava de um fogo furioso.

Resumindo: Thor definitivamente já tivera dias melhores.

Ele forçou um pouco, testando a força das correntes.

Mas não cederam. Thor inalou o ar quente e forçou com todo seu poder asgardiano. Tensionou ao máximo os músculos. De repente, sentiu que as correntes começavam a ceder, até que, com um agudo *CRACK*, se despedaçaram. Com um grande estalo, as correntes despedaçadas destroçaram a caixa, espalhando estilhaços de madeira em todas as direções. Thor girou no ar e caiu de pé no chão. Estava livre... ou pensava estar. Olhando ao redor, percebeu que havia apenas trocado uma cela pequena por outra muito maior.

Ajeitando os longos e desgrenhados cabelos loiros que tinham se tornado tão rebeldes como a barba por fazer, Thor examinou o ambiente. Uma grande caverna. Sombrias estalactites e estalagmites cresciam do teto e do chão. As paredes, embora de um colorido escuro, pareciam dançar. Thor aguçou o olhar, esquadrinhou atentamente as formas que se moviam pelas paredes e percebeu que havia fogo ali.

Então, percebeu onde estava: Muspelheim.

Quando voltou a atenção para o centro do lugar, suas suspeitas foram confirmadas. Um grande trono se erguia do chão, sombrio e sinistro. E era muito grande para a figura esquelética largada sobre o assento. Thor, a armadura desgastada, a barba grisalha e a capa levemente rasgada, imaginou se sua aparência era melhor do que a da criatura à sua frente.

– Demônio! – Thor gritou. – Revele-se. Eu me libertei. Agora quero falar com meu captor. – Suas palavras ecoaram pelo ambiente.

O esqueleto olhou para ele com os vãos ocos dos olhos. Não houve resposta.

Depois de alguns momentos, no entanto, Thor começou a ouvir o som de um vento ligeiro. O ruído tornou-se um riso zombeteiro que se encaminhou para o esqueleto no trono.

Lentamente, o fogo começou a brilhar no interior dos ossos. De repente, uma aura ardente envolveu completamente o esqueleto, que começou a se endireitar no trono e perguntou:

– O filho de Odin deseja me ver?

– Bem, isso é certamente um avanço – observou Thor com um sorriso irônico.

– Você pode ter escapado da prisão, mas nunca sairá vivo de Muspelheim. – O esqueleto riu de Thor.

– Depois de ser mantido em cativeiro e amarrado de cabeça para baixo, acredito que posso lidar com um saco de ossos como você – retrucou Thor.

Nesse instante, a partir das paredes, do teto, do chão, toda a caverna se iluminou quando o esqueleto ardeu em chamas e começou a crescer. Aumentando de tamanho, ocupou totalmente o trono e se transformou numa terrível criatura de chama pura. Inclinando-se para a frente, continuou a rir de Thor, a boca escancarada numa alegria perversa.

Thor olhou para o seu captor, reconhecendo o semblante em chamas, embora não estivesse ali antes.

– Surtur. Finalmente. Devo dizer que essa aparência combina muito melhor com você.

– Ousa zombar de mim em meus próprios domínios? – Chamas dispararam em todas as direções com a ira de Surtur. Ele se levantou de seu trono, um gigante flamejante que se elevava sobre Thor. – Eu devia levar você a Odin quando voltasse a Asgard e mostrar a que ponto o filho dele chegou. Esperava levá-lo vivo, mas não faz diferença. Com ou sem você, vou recuperar as chamas eternas que Odin roubou de mim há séculos.

– Já faz algum tempo que não volto a Asgard, mas duvido que meu pai fizesse um acordo desse tipo. Essas chamas estão muito bem guardadas para proteção dos Nove Reinos. – Thor sorriu.

– Não vejo motivo para você sorrir, filho de Odin – Surtur resmungou. – Não alimente esperanças de fugir.

Um som longínquo de pancadas começou a ser ouvido, cada vez mais próximo. Olhando ao redor, os olhos de Surtur se arregalaram.

– Que som é esse?

O sorriso de Thor se expandiu, e ele estendeu o braço.

– Confiança.

Com isso, o chão explodiu, e Mjolnir, seu confiável martelo, voou para a mão espalmada.

– Deseja retornar a Asgard, demônio? Eu mesmo vou levá-lo. – Thor agachou-se, segurando o martelo junto de si, prestes a saltar. Com uma tremenda impulsão das poderosas pernas, lançou-se diretamente sobre Surtur. – No entanto, não há necessidade de você inteiro vir junto. Apenas sua caveira!

Com um movimento rápido, Thor girou Mjolnir e acertou um violento golpe no maxilar de Surtur, derrubando-o de costas. Thor pousou habilmente no chão, preparando-se para outro ataque. Surtur rugiu com o choque e a dor. Chamas se ergueram ao seu redor ao serem invocadas por ele. Com um gesto da mão de ossos em chamas, uma parede de fogo voou diretamente para Thor.

Thor começou a girar Mjolnir mais e mais rápido, criando uma tempestade de vento que fez surgir uma cúpula protetora à sua volta enquanto as chamas do ataque de Surtur passavam por ele. O vento extinguiu outro ataque quando Surtur jogou uma bola de fogo em Thor. O demônio do fogo ficava cada vez mais enfurecido.

Sem aviso, Thor correu para o gigantesco Senhor do Fogo e, no último segundo, deslizou entre as pernas dele. Girando o braço, usou Mjolnir para golpear os joelhos ossudos de Surtur, fazendo com que o vilão, com um grito, caísse no chão.

Thor ficou sobre ele, segurando Mjolnir.

– Na próxima vez que quiser ver Asgard, não use o deus do trovão como moeda de troca. Até mesmo as chamas podem se queimar, Surtur. – Com isso, ergueu Mjolnir, e o ar à sua volta começou a crepitar. Então, de cima, um magnífico raio envolveu Surtur e atingiu o inimigo de Thor no peito.

Surtur gritou em agonia.

Thor ficou acima da cabeça do Senhor do Fogo, pronto para aplicar o golpe final, quando alguma coisa nas paredes chamou sua atenção. Era um par de olhos, e depois outro, e mais outro. Dezenas de olhos começaram a cintilar. As chamas que pareciam antes dançar nas paredes de repente ganharam forma. Demônios humanoides de fogo apareceram e começaram a escapar em massa das paredes! Um ruído estridente fez Thor olhar para cima e ver demônios caindo do teto também. Sentiu o ardor quando outros mais surgiram do chão, agarrando-lhe as pernas.

A surpresa de Thor desapareceu rapidamente ao se virar para enfrentar os inimigos, que o superavam em número.

– O pai deles caiu e seus súditos vieram tentar terminar o que ele não conseguiu? Desculpe, mas cansei dessa brincadeira aqui.

Olhando para cima, Thor gritou para os céus:

– Heimdall! A Bifrost, por favor. – E esperou que o usual raio de energia aparecesse e o transportasse para a ponte que permitia a passagem para Asgard. Mas nada aconteceu.

Thor gritou novamente para seu amigo de Asgard, que controlava a ponte:

– Heimdall? Heimdall?!

Os demônios precipitaram-se para Thor e rapidamente o engolfaram, empilhando-se sobre ele até o dobro de sua altura. Vangloriaram-se de sua aparente vitória. Os ecos de Thor implorando pela Bifrost ecoaram melancolicamente pelos corredores da caverna de Surtur, sem resposta.

2

A BIFROST, ponte com vista para quase toda a criação e ligando cada um dos Nove Reinos, brilhava intensamente com energia cósmica. O dourado observatório abobadado, de onde a ponte se originou, surgia de uma plataforma à beira de Asgard. A própria ponte espalhava-se para a frente numa imensa abertura, geralmente guardada por Heimdall, o asgardiano tudo-vê-tudo-ouve, que a dirigia com uma poderosa espada no centro do domo.

Mas naquele momento a espada que abria a Bifrost havia desaparecido. E também Heimdall.

Um brilho do centro dos controles de Bifrost, os quais Heimdall teria ativado para levar aqueles que necessitassem de volta a Asgard pelas propriedades mágicas da Bifrost, pulsava. E pulsava. E pulsava.

– Este? – disse uma voz do lado de fora do domo. – Este é apenas um dos itens mais poderosos em todos os reinos. E Odin *me* encarregou dele.

A voz não pertencia ao poderoso Heimdall, que nunca abandonava sua posição. Em vez disso, um homem calvo, com um leve esgar que deveria ser um sorriso, exibia duas asgardianas.

– "Skurge", Odin me disse, "você é bem mais adequado para proteger a entrada de Asgard do que aquele traidor do Heimdall" – o homem se gabou. – E então ele me deu esta espada.

– Você deve ser um homem corajoso para assumir uma responsabilidade tão grande – comentou uma das mulheres asgardianas.

Satisfeito consigo mesmo, Skurge pensou que as tentativas de impressioná-las estivessem funcionando bem.

– Oh, as batalhas que tenho visto gelariam o sangue de vocês. Os animais em Vanaheim tinham quatro cabeças. No entanto, resisti e lutei contra eles. Acredito que fui recompensado por isso. – Skurge sorriu. – Venham, permitam-me mostrar-lhes algo que nunca viram antes.

Assim, Skurge e as duas mulheres prosseguiram, nenhum deles percebendo o pulsar insistente do farol, alguém claramente apelando pela ajuda da Bifrost.

•••••

Em Muspelheim, um monte de demônios de fogo continuava empilhando-se no local onde Thor já estava de pé. Surtur, começando a se recuperar do raio no peito, levantou-se do chão com um grito de alegria. No entanto, sua risada cessou quando o círculo externo dos demônios de fogo de repente foi arremessado para fora da pilha, abalado por um estrondo. Sem aviso, Mjolnir irrompeu do topo do monte, fazendo os demônios de fogo voarem de forma vulcânica.

O martelo disparou pelo cômodo, ricocheteando paredes e teto, derrubando os demônios de fogo para a esquerda e para a direita. Surtur assistia horrorizado à cena, enquanto a vitória era, aparentemente, mais uma vez arrebatada dele. Abaixou-se quando o martelo voltou para onde os demônios de fogo haviam dominado Thor, só para ver o asgardiano parado lá, ileso, pegando Mjolnir em uma mão estendida conforme retornava ao seu dono.

– Creio que minha visita ao seu reino tenha chegado ao fim, Surtur. Prefiro climas mais amenos. – Rodando o Mjolnir, Thor voou e irrompeu pelo topo da caverna.

Thor caiu pesadamente no chão e, mais uma vez, chamou Heimdall para a Bifrost. Sentiu-se perplexo. Nunca lhe fora negado um pedido; seu amigo estava sempre pronto para enviar-lhe o que fosse necessário a fim de que retornasse a Asgard. Mas então seus pensamentos foram interrompidos por um som estrondoso. Seria Bifrost abrindo-se finalmente para ele?

Virando-se, avistou a fonte do barulho e ficou decepcionado.

De onde ele esperava que descesse um raio de energia e o envolvesse levando-o para casa, surgiu um poderoso dragão de fogo com mais de trinta metros de comprimento – e furioso. Com o rugido da fera, as chamas dispararam. Thor saltou do caminho para se esquivar do ataque e, direcionando Mjolnir para o céu, voou para escapar da ira do animal. Mas o dragão seguiu o herói. Thor esquivou-se enquanto uma explosão de chamas saía da boca do dragão.

Rapidamente, Thor se torceu no ar e carregou o dragão. Pegando-o desprevenido, ele golpeou o animal de modo a derrubá-lo. Enquanto a besta caía, Thor continuou a surrá-la até que atingisse o chão. Por fim, de volta à superfície de Muspelheim e de pé sobre o dragão, Thor fixou o Mjolnir sobre a cabeça da criatura derrotada.

– Somente os dignos erguem o poderoso martelo Mjolnir, tolo demônio. – Thor deixou o martelo cair na cabeça do dragão. Lutando, não poderia levantar o Mjolnir. – Obviamente, você não é digno.

Thor voltou sua atenção para os céus.

– Heimdall! A Bifrost, por favor. Já terminei aqui. – Ele esperou um momento, mas nada aconteceu. Distraído, não percebeu que o animal lentamente começava a mexer a cauda mortal.

•••••

– Que lindo! – exclamou maravilhada uma das mulheres asgardianas enquanto reentravam no domo da Bifrost.

– Oh – riu Skurge. – Aquilo não foi nada. Tenho uma visão ainda melhor, se as senhoras desejarem se unir a mim...

A outra mulher apontou para os controles pulsando da Bifrost.

– Aquilo é normal?

Skurge empalideceu.

– *Uhhhhh*, é claro. Sim. Vocês estão... – Ele procurou freneticamente a espada que controlava a Bifrost, a qual havia jogado com descuido num canto depois de exibi-la às mulheres. – Estão prestes a ver... Ah! Lá está ela! – Skurge agarrou a espada e correu para os controles. – Gostariam de ver Bifrost em ação?

– perguntou, o rosto contorcido numa versão de sorriso enquanto inseria a espada e a girava. O centro da Bifrost começou a girar conforme sua imensa energia era acionada.

•••••

– Ooooh! – A cauda do dragão derrubou Thor. A besta se aproximava cada vez mais enquanto Thor esperava Bifrost e Heimdall. De repente, o rosto do herói estava tão próximo à boca do animal, que ele viu as chamas começarem a se formar. Agarrando Mjolnir, Thor saltou do chão segundos antes de ser torrado e, mais uma vez, alcançou os céus.

O dragão, livre do peso do martelo, saiu em perseguição a Thor. Adiante, porém, o herói enfim avistou o turbilhão familiar da energia da Bifrost. Já era tempo! Thor acelerou, o dragão alcançando-o rapidamente. Com a entrada liberada, Thor atravessou-a, a cabeça da besta entrando na Bifrost um segundo depois.

– Vocês estão prontas para testemunhar alguma coisa que nem sequer o mais afortunado em Asgard já viu? – Skurge estava quase suando devido ao entusiasmo e à oportunidade de se gabar diante de duas das mais belas asgardianas que já tinha entretido. A posição de Guardião da Bifrost certamente tinha suas vantagens.

A Bifrost abriu, e imediatamente Thor passou através dela voando!

– Feche-a! Bifrost! Agora! – Thor gritou, deslizando para parar no centro do domo.

Conforme Skurge virou o controle, a cabeça flamejante do dragão surgiu em Bifrost... E foi rapidamente decapitada pelo fechamento do portão, deslizando pelo chão da cúpula e pousando nos pés das duas mulheres, que gritaram e prontamente fugiram.

Thor mal conseguia conter sua fúria conforme se virava para aquele estranho diante dele. Parado ali com todo seu tamanho, coberto pelo sangue de dragão e chamuscado da luta com os demônios de fogo, ele caminhou em direção a Skurge.

– Quem é você e onde está Heimdall?

Skurge tentou ficar mais alto, mas a visão de Thor fez a coluna e as pernas dele não quererem cooperar. Então, pigarreou e tentou falar com alguma autoridade:

– Eu... sou Skurge, Guardião da... da Bifrost.

– "Algum" Guardião você é. Não ouviu minhas muitas chamadas? – Thor estava quase em combate com o asgardiano, que ainda tentava manter-se corajoso.

– Eu estava... ocupado com outro negócio.

– Bem que percebi. – Thor olhou em volta. – Você alega ser o Guardião; onde está Heimdall?

Skurge zombou antes mesmo que conseguisse conter-se.

– Aquele traidor? Foi banido.

– Traidor? Heimdall? Nunca! Quem falou tal coisa? – perguntou Thor chocado.

Skurge sorriu. Aquela era a única parte que ele gostava de contar a quem quisesse ouvir:

– O próprio Odin. E foi Odin quem me nomeou Guardião da Bifrost, como recompensa pelo meu serviço e...

– Odin? Não acredito – interrompeu Thor, que, virando-se, voou em direção ao palácio.

Skurge correu atrás de Thor, mas escorregou em uma poça sanguinolenta do dragão.

– Espere! Somente eu posso anunciá-lo para Odin! É ordem dele! – Todo sujo, Skurge desistiu de tentar correr atrás de Thor, que, então, havia se transformado num pequeno ponto no horizonte de Asgard.

Skurge gemeu. Esperava não perder o emprego por conta disso.

3

E, ENTÃO, LOKI, SEMPRE INTELIGENTE, foi capaz de superar Malekith, o Elfo Negro, e salvar a todos de Asgard, embora isso significasse sacrificar sua vida por seu lar, seu pai e todos os Nove Reinos. Fim.

Um coro de palmas se ergueu da grande multidão agrupada ao redor do palco. Um ator estava encenando uma peça no meio de um grande terraço para uma plateia cheia de arrebatados asgardianos. À frente do improvisado teatro ao ar livre, sentado em um trono enorme, Odin se debruçava para um lado enquanto bebia uma taça de vinho.

– E destruiu a Joia da Realidade, terminando a Convergência. Não devemos esquecer esse detalhe, não é? – Odin observou do trono.

O narrador assentiu com entusiasmo, mas, antes que ele pudesse rever o final, um murmúrio surgiu da multidão e cresceu em escala até que a plateia ficou realmente inquieta. Odin virou-se, irritado com a agitação, e seu coração se apertou.

Dirigindo-se diretamente para ele vinha Thor, o olhar fixado em Odin enquanto passava pela multidão dividida, todos murmurando sobre seu retorno... e sobre sua aparência.

– Pai, preciso conversar com você – falou Thor a Odin.

– Thor! Filho! – Odin de repente se recompôs, sentando-se ereto. – Mas que... honra inesperada você ter retornado. Acabou de perder uma peça maravilhosa sobre a vida do seu pobre irmão adotivo, Loki.

– Parece que perdi muito mais – Thor retrucou lentamente, irritando Odin.

– Você está certo. Devemos alterar o fim para incluir o papel de Thor na Grande Batalha – disse Odin ao escriba real, que fazia anotações sobre a peça. E depois, dirigindo-se a Thor: – Gostaria de ver as revisões, meu filho?

– Já ouvi o bastante, obrigado, pai. – Thor foi se aproximando do trono.

Odin acenou com as mãos, e membros dos einherjar, os Cavaleiros do Rei, encaminharam os cidadãos para fora do terraço, permitindo privacidade aos dois.

– Já faz muito tempo que não o vejo, filho.

– E eu a você, ao que parece – disse Thor.

– Devo perguntar, você não está bem? Porque parece muito diferente. – Odin acenou com a mão para a aparência de Thor, exaurida e encharcada pelo sangue do dragão.

Thor sorriu com ironia.

– Engraçado, eu ia dizer o mesmo a seu respeito, pai.

Odin se mexeu desconfortável no assento por um momento antes de subitamente se levantar e sair do terraço.

– Por favor, limpe-se e junte-se a mim para, ãh, jantar. Não seria excelente?

Thor deu um salto e se postou diante de Odin, bloqueando o caminho até a porta.

– Você sabe qual é minha parte favorita em viagens? O retorno para casa. É como o Mjolnir. Não importa o quão longe eu o jogue, ele sempre deve voltar à minha mão, mesmo que alguma coisa esteja no caminho. – Thor ergueu o Mjolnir alto na mão como se fosse jogá-lo diretamente através de Odin.

– Agora, espere um pouco, filho...

Thor começou a girar o Mjolnir ao redor da cabeça, acelerando-o num frenesi cada vez mais rápido até que o martelo estivesse pronto para ser liberado.

– Tudo bem, tudo bem! – Odin gritou. Houve uma vibração tensa, e então "Odin" começou a desaparecer. Quando a ilusão se foi, Loki estava em seu lugar!

Thor sacudiu a cabeça sem acreditar.

– Eu queria estar errado a seu respeito, irmão. Como escapou da morte?

– É claro que, em primeiro lugar, evitando ser alcançado – Loki respondeu, zombando do irmão adotivo.

– Somente você zombaria de seu próprio sacrifício. Acreditei que você tivesse mudado, Loki, que estivesse bom e decente. – Thor estava genuinamente chateado por descobrir esse último engodo na lista interminável de maldades e problemas do irmão.

– E eu acreditava em unicórnios e fontes de doces, mas algumas coisas são impossíveis, não é? Agora, podemos largar mão desse sermão hipócrita sobre como eu o enganei mais uma vez e ir diretamente à pergunta que sei que está *morrendo* de vontade de fazer? Se bem que você poderia pelo menos tomar um banho antes... – Loki virou o nariz com repulsa para enfatizar sua fala.

– Quase morri graças a sua traição e por causa daquele bufão que você colocou no comando da ponte. Onde está Heimdall?

Loki encolheu os ombros.

– Suponho que onde quer que estejam aqueles declarados traidores pelo seu rei, e liberados de seu dever.

– E onde está nosso pai? – perguntou Thor por entre os dentes cerrados.

– Essa é a pergunta, não é? – indagou Loki, sorrindo.

Thor cerrou a mão livre do Mjolnir.

– Agora não é hora de truques, Loki. Senti alguma coisa sombria aproximando-se, e precisamos do pai.

– Precisamos mesmo? Tenho me saído muito bem enquanto você esteve fora e ele... afastado. – Loki estava bastante satisfeito consigo mesmo como governante.

– Leve-me até ele agora ou serei obrigado a fazer o Mjolnir encontrar a parte detrás da sua cabeça – Thor grunhiu.

– Suponho que isso seja um estímulo. Mas garanto-lhe que não tem nada a temer. Asgard está tão segura como sempre esteve.

O rosto de Thor ficou sombrio.

– Devemos encontrar o pai para garantir isso.

◇◇◇

Na entrada da Bifrost, Thor e Loki estavam prontos para que o portal fosse aberto e os transportasse para onde Loki estivesse escondendo Odin.

Loki foi até Skurge e sibilou:

– Eu lhe dei uma tarefa! Manter meu irmão afastado.

Skurge estremeceu visivelmente.

– Desculpe, vossa alteza. Mas havia... – E olhou por cima do ombro para a cabeça do dragão decapitado no canto do observatório.

Loki dirigiu-se a Thor:

– Trazendo lembranças para casa agora, irmão?

– Estou pensando em colecionar cabeças e expô-las em minha parede. Importa-se de se juntar ao meu mais novo troféu? – Thor perguntou.

– Ora, ora. Quanta hostilidade. Asgard certamente era muito mais pacífica quando eu estava no comando. – Loki adorava provocar o irmão e se divertia com o aborrecimento que causava.

Thor, no entanto, limitou-se a afastar a irritação, concentrando-se em assuntos mais importantes.

– Você, Skurp! – ele gritou.

– Na verdade, é Skurge – corrigiu o asgardiano.

– Há algo de ruim no universo, e temo que esteja direcionado para Asgard. Enquanto estivermos fora, divirta-se realizando sua tarefa, e não com vinho e mulheres. – Thor claramente não estava satisfeito por Heimdall haver desaparecido. – Eu lhe trouxe um reforço.

Thor fez sinal com a cabeça para a entrada do domo do observatório da ponte. De pé, quase preenchendo a porta, estavam Volstagg e Fandral, os amigos mais confiáveis de Thor na vida e na batalha. O maxilar de Skurge caiu.

– Dois dos Três Guerreiros? Eu lutei com você em Vanaheim. – Ele caminhou em direção à dupla, a mão estendida. – Skurge. É uma honra – disse.

Volstagg puxou um esfregão de trás das costas e o colocou com firmeza na mão de Skurge.

Fandral olhou para o humilhado Skurge e disse:

– Acredito que seja hora de limpar a casa. – Ele indicou a cabeça do dragão.

Volstagg riu.

– E não deixe uma mancha. Fandral é muito exigente.

Bifrost foi ligada, e um portal giratório se abriu.

– Hora de ir, irmão. A menos que queira delegar mais algumas tarefas! – Loki caminhou para dentro do portal.

Fandral olhou para Thor.

– Não se preocupe, Odinson. Estaremos aqui para garantir que retorne em segurança. Mesmo que Volstagg tenha de se sentar nesse cretino para fazê-lo.

– Nós lutamos juntos – resmungou Skurge em voz baixa.

Thor agarrou a mão do amigo em agradecimento e, com um último olhar de advertência na direção de Skurge, desapareceu na Bifrost.

4

INÚMEROS RATOS CORRIAM sobre os restos de uma caixa descartada de frutas podres, quando um par de pés usando três pares de meias no lugar de sapatos espantou-os. O beco ficava próximo da rua Trinta e Sete, no distrito das Flores da Cidade de Nova York, um nome que transmitia muito mais beleza do que o que realmente era visto por alguém que observasse os espaços abandonados e escuros entre edifícios. Nos becos imundos, havia lixeiras cheias de frutas e vegetais um dia antes frescos, mas deteriorados no calor da tarde. Pela manhã, eram descartados e lá deixados para mendigos e animais os devorarem como refeição do dia.

O homem que havia espantado os ratos usava roupas esfarrapadas de rua e parecia não tomar banho há dias. Um pano rasgado cobria seu olho direito. Vasculhando uma caçamba de lixo, ele encontrou um cacho de bananas, ainda perfeitamente embrulhado. Era seu dia de sorte!

Estava enfiando o produto quase fresco em uma das muitas camadas de roupa quando uma luz ofuscante superou o brilho do alvorecer ali no beco. Assim que o olho do homem se ajustou, viu dois sujeitos aproximando-se dele. Rapidamente, olhou para baixo e, avistando um pedaço abandonado de madeira, pegou-o e levantou-o como uma espada.

– Mantenham-se aí, sujeitos imundos. Fui um grande guerreiro, e ainda sei usar uma arma. – Ele começou a balançar o pedaço de madeira para os homens, que, surpresos, recuaram.

Confuso, Thor olhou para o irmão e perguntou em voz baixa:

– Nova York? Por que aqui? E por que me mostra essa pobre alma perdida?

Ambos se vestiam com roupas tidas como comuns na Terra, camisas e calças, e Thor carregava um guarda-chuva, o cabelo preso num rabo de cavalo. A magia de Loki projetava uma ilusão na dupla.

Loki fez um gesto para o irmão olhar de novo para o "atacante". Thor inspecionou cuidadosamente o velho que se aproximava despejando sons inarticulados. O longo cabelo grisalho e a aparência sugeriam que ele morava nas ruas havia muitos anos. Mas o homem manteve-se ereto por um momento, o cabelo escovado para trás, e então Thor viu a reveladora atadura cobrindo um olho.

Diante deles não estava um mendigo comum: era Odin, o rei de Asgard!

Thor sentiu imensa tristeza e pena.

– Nunca lhe perdoarei por isso – ele sibilou para Loki enquanto se aproximava do agitado homem, estendendo os braços na tentativa de acalmá-lo.

– Volte! Volte! – exclamou Odin.

– Pai – começou Thor, a voz alterada pela emoção –, sou eu, Thor.

O homem desgrenhado parou.

– Sim, Thor, seu filho. E este comigo é Loki.

– Thor. Loki. – O homem repetiu as palavras num murmúrio, uma débil lembrança formando-se enquanto tais nomes atiçavam algo ainda incompreensível dentro dele.

– Sim, pai. E você é Odin, o rei de Asgard e protetor dos Nove Reinos – Thor continuou, esperando alcançar a névoa amnésica induzida pela magia a qual nublava a mente do pai.

– Asgard. – A palavra atingiu o homem como um acorde. – Asgard – ele repetiu. – Lar?

Thor quase chorou.

– Sim, pai, Asgard é seu lar, e vou levá-lo de volta e colocá-lo no trono como legítimo governante.

O homem afastou uma mecha de cabelo do olho saudável enquanto estudava Thor, e uma faísca de familiaridade iluminou o azul enevoado. Ele largou o pedaço de madeira, uma lágrima surgindo no olho.

– Thor? Loki? Meus filhos. – Ele estendeu os braços. – Meus filhos! – exclamou numa voz mais forte enquanto abraçava Thor.

Loki se afastou, em parte envergonhado pelas ações que haviam colocado Odin naquela situação, e em parte chocado pelo fato de Odin o ter chamado de *filho*.

Thor abraçou o pai gentilmente. O outrora formidável governante estava tão frágil que Thor poderia tê-lo carregado com uma mão. A que ponto seu pai havia decaído sob o truque de Loki! Ele se perguntou quanto tempo o pai sofrera naquelas condições.

– Desculpe-me, pai. Eu nunca deveria ter partido. Venha; nós *três* voltaremos. – Thor olhou diretamente para Loki, como se quisesse dizer: *Nem pense em desaparecer daqui.* Thor estava ajudando o pai a se firmar, e este encarava os olhos do filho.

Enquanto Thor amparava o pai, sentiu que o poder do Aquele-que-tudo-vê lentamente alcançava Odin, mesmo em seu estado enfraquecido.

– Diga-me, meu filho. O que o tem assustado tanto?

– Uma sensação, pai. Uma escuridão da qual não consigo escapar. Sinto que há meses ela tem me perseguido, ou eu a ela, em todos os reinos. Fui a Muspelheim, pensando que o demônio de fogo Surtur era a causa, mas ele não sabia de nada. – Thor olhou nos olhos do pai, esperando ver neles um pouco de conhecimento ou reconhecimento.

Odin afastou o filho e agarrou a própria cabeça, gritando de dor e caindo no chão. Parecia que Thor havia sondado profundamente lembranças enterradas, o que causou tanta dor ao pai.

Thor virou-se para Loki, apoplético de raiva.

– Você o expulsou, transformou-o em sem-teto, fez com que ele se esquecesse de quem era. Agora nosso pai não consegue nem mesmo se lembrar das histórias que nos contava como advertências! – O rosto de Thor ganhou uma tonalidade avermelhada. – Diga-me, Loki, isso era necessário? Como pôde fazer algo tão horrível?

Loki encolheu os ombros, tentando manter-se calmo.

– Fiz o que achei melhor. Talvez você não fizesse o mesmo, mas de qualquer maneira nunca se importou com o trono.

– Histórias. O trono. – Odin lutava para se endireitar. Thor correu para o lado do pai. – Hela. – A palavra pairava no ar como uma sombra, gelando os três homens no beco até os ossos.

– Hela? A mulher é apenas um mito, pai. Histórias contadas para assustar as crianças. – Thor ajudou o pai a se levantar.

– Odinson. – Thor olhou para o pai ao ser chamado pelo nome do qual fugira ao longo da maior parte de sua vida adulta. – Você é o Odinson. É *você* quem precisa retornar a Asgard, e rapidamente.

Thor balançou a cabeça.

– Não, pai. Você é o único com legitimidade para assumir o trono. Não sou rei.

Odin agarrou-o.

– Transforme-se em um agora, meu filho. Aquele lugar, Asgard... Todos os Nove Reinos precisam que Odinson se sente no trono. Asgard precisa do seu rei, meu filho, e esse rei é você.

Loki pigarreou.

– Se me permitem, bem... Asgard tem florescido muito bem sob o reinado de seu atual rei. Não vejo...

O olhar de aço de Thor silenciou Loki. Voltando o olhar para o pai, ele disse:

– A escuridão que sinto, e Hela, estariam ambas conectadas?

Odin golpeou os inimigos invisíveis que atormentavam sua mente ainda abalada.

– Odinson é necessário em Asgard – ele enfim proferiu. – Se a escuridão chegar, será necessário proteção.

– Então, faremos juntos a proteção, nós dois, Thor e Odin – Thor disse, levantando o guarda-chuva. Então o bateu no chão e, de repente, ele e Loki estavam vestidos com roupas e armaduras asgardianas. O pai, no entanto, permanecia aos farrapos. – Venha, pai. É hora de voltar ao seu lugar.

Ele olhou para Loki, que concordou.

– Skurge, a Bifrost, se você quiser – gritou Thor. – Ah, e temos companhia – acrescentou, olhando para o pai.

A energia da Bifrost brilhou e cobriu o trio e, num instante, foram levados para fora do beco na cidade de Nova York. Os ratos saíram apressados das sombras e começaram a lutar pelas bananas frescas que Odin havia deixado para trás.

Na tempestade da Bifrost, Thor ajudou Odin enquanto corriam rumo ao observatório distante. Loki, à frente de ambos, evitava pensar nas desagradáveis punições que o irmão e o pai deviam ter em mente para ele quando retornassem a Asgard. Imerso em pensamentos, Loki não percebeu o sutil tremor que abalou ligeiramente a Bifrost. Olhando para o irmão, Thor imaginou que talvez estivesse vendo uma das ilusões de Loki. Bifrost poderia mesmo estar tremendo? Antes que pudesse perguntar, ele viu gavinhas pretas de repente envolverem a Bifrost. Olhou para trás, e mais gavinhas rapidamente vinham rastejando, alcançando Thor e Odin.

– Irmão! – Thor gritou em aviso, mas Loki virou-se muito tarde. As gavinhas pareciam se mover através da Bifrost, interrompendo o destino do trio. Uma garra escura rapidamente atingiu Loki no peito.

Ele sentiu-se cambalear no portal. Então, foi novamente atacado, dessa vez na cabeça, acertando o capacete de Loki e derrubando-o na ponta da Bifrost. Loki esforçou-se para permanecer consciente, mas só via escuridão para todos os lugares que olhava.

Loki escorregou e caiu do portal.

– Não! – gritou Thor ao ver o irmão cair da Bifrost para a escuridão do cosmos. Ele soltou o pai brevemente a fim de avançar para onde Loki estivera. Mas não havia sinal algum do irmão.

Bifrost estremeceu mais uma vez. Com uma sensação de pavor, Thor voltou. Contudo, era tarde demais para agir. As gavinhas pretas tinham feito seu caminho e agarravam Odin.

– Pai! – berrou Thor, o grito engolido pela escuridão que cobria Bifrost.

– Você é... o Odinson... – As palavras do pai pairaram no ar quando Odin foi puxado da Bifrost e lançado de volta para a Terra.

Com um rugido, Thor lançou Mjolnir nas escuras gavinhas para levá-los de volta. O confiável martelo cortou a escuridão, revelando que Odin não estava mais lá. Antes que ele voltasse para a mão de Thor, as gavinhas se fecharam em torno de Mjolnir, que também desapareceu.

Thor estava sozinho e desarmado na Bifrost, o pai e o irmão desaparecidos, e a escuridão aproximando-se rapidamente dele. Assim, adotou uma posição de combate, pronto para, se necessário, atacar o inimigo invisível com os punhos.

– Venha até mim! Faça o seu pior!

Como que respondendo ao desafio, Bifrost balançou intensamente, e Thor foi derrubado. A escuridão que o assolava havia meses parecia se formar diante dele, enquanto um último tremor o lançou contra a Bifrost.

Thor despencou no vazio, observando a escuridão desaparecer da Bifrost conforme sua própria escuridão começava a alcançá-lo, e então perdeu a consciência.

•••••

No observatório da Bifrost, Skurge, que fora deixado sozinho para fazer a limpeza depois que Fandral e Volstagg ativaram a Bifrost para Thor, parou de esfregar para olhar a ponte. Surpreendeu-se ao ver que não havia sinal de alguém ali. Sacudindo os ombros, já prestes a se virar, observou a figura mais terrivelmente bela começar a surgir das gavinhas escuras na extremidade da Bifrost e avançar na direção dele.

5

THOR ABRIU OS OLHOS. Sentiu-se mais pesado do que o normal, o ar mais espesso, empoeirado. Não estava nem na Bifrost nem em Asgard nem na Terra. Mesmo antes de olhar ao redor, Thor sabia que naquele lugar se sentia diferente do que em qualquer mundo para onde já tivesse ido.

Sentando-se com lentidão, ele observou os arredores. A paisagem desolada estava quase literalmente repleta de detritos: pedaços quebrados de naves, rodas, armas deterioradas e outros lixos se empilhavam em todos os lugares. Thor olhou para cima e suspirou. Estrelas ou um céu claro foram substituídos por centenas de buracos de minhocas enchendo o ar. De vez em quando, mais detritos caíam através de um dos orifícios e desabavam no chão. Uma nave espacial destroçada surgiu jorrando de um buraco nas proximidades, e Thor observou seres estranhos seguindo na direção dele. *Sucateiros*, pensou.

Olhando para cima novamente, Thor viu que os menores buracos de minhocas eram eclipsados por outro, gigantesco, de cor mais profunda que o resto e ocasionalmente se iluminando como se percorrido por eletricidade. Enquanto lutava para se orientar, uma nave quadrada se aproximava dele, até que, de repente, se partiu em quatro naves menores, que desceram e o rodearam. Antes que ele conseguisse agir, um par de alienígenas grotescos saiu de cada nave e apontou armas para Thor.

– Esperem! – ele gritou, levantando as mãos. – Não sou inimigo.

Ignorando-o, os alienígenas dispararam de uma só vez. Com um solavanco, a energia percorreu Thor enquanto uma rede elétrica o envolveu totalmente, derrubando-o de costas. Ele não conseguia falar ou se mexer. Mas então algo chamou sua atenção no ar acima dos alienígenas: uma nave sofisticada, bem-cuidada e muito diferente daquelas de onde os alienígenas haviam descido pairou sobre eles. O topo se abriu e de lá saltou... uma mulher! E não era uma mulher comum. O capacete revelou um sorriso, aparentemente pronta para desfrutar a luta prestes a acontecer.

Ao desembarcar, ela nocauteou dois alienígenas com um soco desferido por seu punho com juntas de bronze. Então, a mulher se virou e chutou para longe mais dois. As braçadeiras atadas nos antebraços dela começaram a se expandir como se estivessem vivas, e cobriram antebraço e punho. De repente, um punho blindado disparou de sua mão e, imitando seus gestos, agarrou pelo pé o último alienígena, pegando-o e batendo-o no chão. Em seguida, a armadura se retraiu até o punho e as braçadeiras diminuíram, voltando ao formato original nos braços.

A rede que prendia Thor ainda enviava ondas de choque através de seu corpo, dificultando-lhe a fala e impossibilitando qualquer movimento. No entanto, ele sorriu: reconheceu a mulher.

– Você... é... Valquíria – ele falou, sorrindo, apesar de a dor da eletricidade percorrer seu corpo. As valquírias eram algumas das mais ferozes guerreiras de

Asgard. Thor tentou alcançar sua salvadora. – Sou... Thor. Filho de... Odin.

– E eu me importo porque...? – A mulher claramente não se importava, zombando dele.

– Por favor... para Asgard... Liberte-me. Ajude-me a voltar. Lá... é uma escuridão. – Thor, perguntando-se por que a mulher não se movimentava para libertá-lo, começou a lutar contra a rede, ignorando a dor provocada pelos movimentos. E chocou-se de novo e de novo com aquela situação.

– Você não está mais em Asgard, e aqui há muita escuridão, então é bom que se acostume – Valquíria disse, cuspindo a palavra *Asgard*.

Thor conseguiu enfim libertar um braço. Desesperado, estendeu a mão e quase agarrou a perna de Valquíria, que rapidamente se esquivou e chutou a mão dele.

– Você não compreende... – Thor tentou de novo, fracamente.

– É aí que você se engana. Entendo perfeitamente.

Ela apontou um pequeno dispositivo para ele, do qual disparou um disco, que se encaixou no peito de Thor. A mulher tirou um controle, apertou um botão e enviou um solavanco através do herói. A dor que o atravessava diferia de qualquer coisa que já sentira. O corpo inteiro dele enrijeceu, paralisado. Ainda assim, olhando para a mulher, conseguiu murmurar um último pedido:

– Para... Asgard... – disse numa voz rouca, pois até mesmo as cordas vocais começavam a enrijecer junto do resto do corpo. Com um último e rápido chute na cabeça de Thor, Valquíria nocauteou-o. Então olhou para ele, sem registrar surpresa alguma ao ver um asgardiano naquele planeta sombrio. Ela não se tornara conhecida por demonstrar emoções; sua especialidade era cumprir um trabalho.

Valquíria carregou Thor na nave dela e deslizou atrás dos controles. Pegando um comunicador, ajustou o disco e disse:

– Cata-Sobra 142 falando. Tenho uma nova carga. Diga-lhe que me espere em breve. Ele vai querer esse. – Depois desligou o comunicador e olhou para o inconsciente Thor. – Bem-vindo a Sakaar, filho de Odin. – Com isso, ela trocou os controles e a nave se ergueu do chão, afastou-se dos sucateiros abaixo e dirigiu-se para a cidade distante.

•••••

De volta a Asgard, a Bifrost mal havia acabado de se separar quando as gavinhas escuras começaram a se espalhar pelo observatório. Viajavam para uma terra majestosa e rodopiavam para formar uma única massa, assumindo uma figura humanoide. Enquanto os asgardianos observavam, os einherjar marchavam para enfrentar a misteriosa ameaça. Em poucos instantes, a escuridão havia desaparecido, substituída por uma mulher.

Estava óbvio que não era uma mulher comum. Vestindo uma armadura coriácea preta e verde, os longos cabelos negros e um olhar gélido nos olhos fortemente sombreados, a mulher examinou o reino diante dela. Um silêncio pairou sobre todos os asgardianos enquanto prendiam juntos a respiração, à espera de que ela falasse.

Quando sua voz enfim soou, veio clara e forte, repleta de autoridade, num tom que não abria espaço para dissidência:

– Eu voltei, embora a maioria de vocês me conheça como um pesadelo ou uma fábula. Mas asseguro-lhes que não sou uma mera narrativa. Sou Hela, rainha de Hel, governante do Submundo. Há muito tempo, Odin e seus guerreiros me expulsaram, mas chegou o momento de voltar. Vocês estão sem um rei no trono. Porém, não é isso que desejo. Quero o fim de Asgard. Uma vez, sussurraram meu nome como uma possibilidade, predizendo eventos que poderiam levar à queda de seu amado reino.

Hela começou a descer as escadas do mirante onde estava. Os einherjar prepararam espadas, lanças e escudos para proteger os cidadãos de Asgard.

– Não sou um sussurro. Não sou uma possibilidade – anunciou Hela, o tom de voz aumentando como uma tempestade que se aproximava. Ela fez uma pausa, e todos os asgardianos sentiram que a mulher olhava diretamente para suas almas temerosas. – Sou uma inevitabilidade.

Em seguida, Hela levantou os braços, e todos os einherjar foram derrotados com um único golpe das gavinhas em tentáculos escuros. O povo de Asgard inalou um suspiro coletivo de pânico e começou a correr freneticamente em todas as direções, desesperado para escapar do mal que havia descido sobre seu reino.

– Fujam. Encontrem abrigo se puderem. – A voz de Hela ecoou pela terra. – Não importa. – Com uma inclinação da cabeça, incêndios surgiram em toda parte. – Sou a governante da Morte, e asseguro-lhes isto: Asgard está morta.

6

COM CORES VIBRANTES E DECORAÇÃO ECLÉTICA, a câmara do Grão-Mestre era quase tão singular quanto seu proprietário. Quase.

Sentado em um sofá felpudo, o Grão-Mestre, governante de toda Sakaar, tomou um gole de uma bebida fumegante em um cálice dourado.

– Parece que está fervendo, mas na verdade é bastante refrescante. Essa é a magia. Não é incrível? – Ele examinou a sala. Suas duas servas concordaram obedientemente, enquanto uma figura mal-humorada em um canto simplesmente revirava os olhos com tédio. O resto da sala estava repleto com a nata da sociedade de Sakaar, todos vestidos com o melhor traje formal de sua cultura, o que criava um mar de cores brilhantes e joias. As pessoas ali concordaram entusiasticamente com a proclamação do Grão-Mestre sobre a forma e o sabor únicos de sua bebida, e começaram a gesticular para os criados, para que lhes trouxessem essa bebida ilusória. O Grão-Mestre tomou um gole, sorrindo pelo fato de que era, literalmente, um formador de opinião. No entanto, seu prazer foi interrompido pelo ruído de um raio de energia, seguido por um grito abafado de dor que chegava à câmara.

– Esse... gemido... não é mesmo necessário, não é? – disse uma voz vinda do corredor quando Valquíria entrou na câmara.

Atrás dela, Thor esforçava-se para segui-la, enquanto repetidamente levava choques do disco que Valquíria lhe havia encravado no peito.

O Grão-Mestre bateu palmas duas vezes, e o recinto ficou em silêncio. Todos cravaram os olhos no musculoso recém-chegado, naquele instante de joelhos no centro da opulenta câmara. O Grão-Mestre observou Thor atentamente.

– Um pouco esfarrapado, não concorda? Mas acho que mesmo os diamantes começam como carvão. – Voltando a atenção para Valquíria, ele perguntou: – O que me trouxe?

– Um combatente. – A breve resposta foi seguida pelo aperto casual de um botão no controle, mais uma vez fazendo Thor reagir se contorcendo.

– Sim. Vejo que tem potencial mesmo. Um pouquinho de maquiagem e a multidão o acolherá. Muito bem, Cata-Sobra 142. Você não concorda, Topaz?

A figura mal-humorada no canto deu apenas um olhar gélido em resposta. Valquíria sorriu para a rival, dizendo:

– Não se preocupe; tenho certeza de que encontrará seu próprio combatente. Quer dizer, se é que você vai se levantar e, na verdade, procurar um – murmurou em voz baixa, mas alta o bastante para Topaz e o resto da sala ouvirem.

O Grão-Mestre acenou as mãos com benevolência, colocando delicadamente a sua amada bebida no respectivo pires dourado.

– Senhoras, por favor. Este é um lugar de prazer e relaxamento. Não há necessidade de disputas. Deixemos isso para a arena.

Ao som da palavra, Thor olhou para o Grão-Mestre.

– Que arena?

– Que arena? – Do Grão-Mestre escapou um riso. – Oh, Cata-Sobra 142, este é realmente carne fresca.

– Pela qual espero ser paga – respondeu com esperteza, a mão estendida.

– Sim. Sua recompensa. – O Grão-Mestre estalou os dedos, e um criado trouxe um saco de moedas.

Valquíria olhou para o saco, depois para o Grão-Mestre.

– Dobrado para esse. Confie em mim. Ele vale a pena.

O Grão-Mestre suspirou, estalou os dedos novamente, e outro servo trouxe um segundo saco.

– O que a faz ter tanta certeza? Estou morrendo de vontade de saber.

– Pergunte-lhe você mesmo. – Valquíria fez meia-volta e saiu da câmara, mas não sem antes dirigir a Topaz um sorriso malicioso. Elas claramente tinham uma disputa tácita entre si, e qualquer competidor que Valquíria deixasse como prêmio na porta do Grão-Mestre fazia com que ela acreditasse que acabara de assumir a vantagem.

– Você pagou dobrado? Eu lhe trouxe espécimes muito melhores. O homem parece um sem-teto, arrastado de uma sarjeta – protestou Topaz.

O Grão-Mestre ergueu a mão para acalmá-la.

– E tenho certeza de que fará isso de novo, minha querida. Você sabe que continua sendo a minha favorita. Mas, se a Cata-Sobra 142 diz que há algo especial nele...

– Consigo ouvi-lo, e lhe asseguro que estou longe de ser um morador de rua. – Thor ergueu-se em toda sua altura e caminhou em direção ao Grão-Mestre, mas de repente recebeu outro choque e gritou de dor.

O Grão-Mestre ergueu um controle idêntico ao de Valquíria.

– Apenas uma precaução. Sei que os discos de obediência podem ser um incômodo – disse. – Mas são necessários em muitos casos, embora eu jamais tenha gostado muito do nome. Foi um título de trabalho enquanto estávamos na fase de testes, e parece que, como ninguém colocou "Encontrar melhor nome" na programação, o nome pegou.

Thor lutou contra a agonia e levantou-se novamente, cerrando os dentes com determinação, recusando-se a mostrar sinais de dor no rosto.

– Ora, ora. Você é um combatente, não é? Diga-me, qual é sua história? Quem é você, de onde vem? – O Grão-Mestre sentou-se de novo, um interesse genuíno claramente estampado nos olhos.

– Sou Thor Odinson, de Asgard. O deus do trovão. – Thor aprumou os ombros orgulhosamente.

– "Deus do trovão"? Isso parece promissor. – O Grão-Mestre olhou ao redor da sala, e seus convidados concordaram com um movimento de cabeça. – Realmente, preciso vê-lo em ação. Mostre-me o trovão, Thor de Asgard.

Thor olhou desafiadoramente, levantou a mão e fechou os olhos. As faíscas de eletricidade começaram a se juntar na mão dele, mas se dissiparam com rapidez e sumiram.

Confuso, Thor olhou para a mão.

– Isso... funciona melhor com meu martelo.

– Quantas vezes ouvimos palavras assim, não é mesmo? – perguntou o Grão-Mestre aos presentes, rindo. – Apesar disso, acho que com um pequeno ajuste aqui e uma polida ali posso vendê-lo para o evento.

– Que evento é esse a que você se refere? – Thor exigiu saber.

– Oh, apenas uma coisinha que gosto de chamar de Torneio de Campeões, o maior evento da galáxia. E sou o Grão-Mestre, o anfitrião altamente adorado da arena e de todas as coisas em Sakaar. Estranho você nunca ter ouvido falar do Torneio. – O Grão-Mestre parecia um pouco desconcertado e levemente ofendido.

– Eu estive... ocupado – respondeu Thor, tentando não insultar o Grão-Mestre e correr o risco de ser eletrocutado novamente.

– Bem, de todo modo, dois competidores entram na arena; apenas um sai: o campeão. Se você ganha, pode fazer qualquer pedido que desejar. – Os olhos do Grão-Mestre brilharam. – No momento, estamos com a maior audiência de todos os tempos, graças ao nosso atual Campeão, que é imbatível. Verdadeiramente magnífico. Você precisa conhecê-lo. – O Grão-Mestre riu. – O que estou dizendo? É claro que vai conhecê-lo! Antes que ele possivelmente o esmague.

Então, mais uma vez, não sei quão fácil é esmagar os asgardianos. Deixe-me perguntar... Ah, lá está ele.

O Grão-Mestre apontou um dedo, e a multidão da elite de Sakaar se dividiu para revelar... Loki? O trapaceiro olhou para o irmão enquanto se aproximava.

– Irmão? Como... – Thor ficou totalmente perplexo à vista de Loki.

– O mesmo que você. Embora pareça que eu tenha encontrado um "combatente" também. Um mais em conformidade com o meu próprio conjunto de habilidades.

– Irmão? – O Grão-Mestre exultou. – Que maravilha! Aqui estou, reunindo famílias sem sequer perceber. – Seus colegas todos assentiram com apreciação à grande gentileza de seu líder.

– Você precisa me libertar – Thor murmurou a Loki com um tom de urgência na voz. – Convença esse Grão-Mestre a me deixar ir, então volte comigo para Asgard. Há uma escuridão terrível espalhando-se...

Mas os apelos de Thor caíram em ouvidos surdos.

– Voltar para Asgard? Onde ninguém me apreciou por quem realmente sou? Não, obrigado. Sobretudo se houver alguma "escuridão" dominando a terra. – Loki sentou-se num sofá perto de Thor. – Acredito que enfim encontrei meu lugar.

– Seu lugar é com seu povo – Thor disparou.

Loki sorriu, indicando com um braço o recinto.

– Exatamente. Agora, se você quiser voltar para Asgard, sugiro que conquiste seu caminho para casa.

Vá atrás desse desejo, e então poderá simplesmente conquistá-lo.

Os ouvidos do Grão-Mestre se aguçaram.

– Realizar o desejo? Bem, você terá de entrar na arena o mais rápido possível, não é?

– Estou pronto – declarou Thor.

O Grão-Mestre olhou-o de cima a baixo.

– Hummm, ainda não. Topaz, pode fazer a gentileza de conduzir nosso competidor para sua nova casa?

Com um olhar de desdém, Topaz tirou um controle de disco de obediência, virou Thor e o escoltou para fora da câmara do Grão-Mestre, dando-lhe choques repetidas vezes.

Thor gemia enquanto seu corpo mais uma vez se contorcia devido aos choques elétricos. De repente, teve a sensação de que a volta para casa seria muito mais difícil do que ele imaginara.

◇◇

Alguns momentos depois, Thor foi jogado sem cerimônias por uma carrancuda Topaz num cômodo escuro em uma caverna que se estendia sob a superfície de Sakaar. A entrada foi então fechada por barras elétricas. Thor olhou ao redor, vendo mais celas como a sua ao longo dos túneis.

– Nem pense em tentar escapar – disse uma voz na parte detrás de sua cela.

Thor se retesou um pouco, sem perceber que estava compartilhando o local com outro prisioneiro. Olhou para um canto no fundo da cela, e uma pilha de pedras humanoides de quase dois metros de altura ergueu-se e caminhou em sua direção.

– Você é kronan, não? – Thor havia encontrado membros da raça dele antes.

– Korg. E você é asgardiano. Ouvi falar de você.

Korg parecia uma alma tranquila para uma figura tão grande.

– Você também está aqui para enfrentar o tal do "Campeão"? – Thor perguntou.

Korg balançou a cabeça.

– Fui capturado durante uma revolta contra os caçadores de recompensas que o Grão-Mestre envia para o Torneio. Vi muitos da minha raça serem capturados e nunca mais voltarem. Quando cheguei, descobri o porquê.

– Não quer realizar esse desejo que ele está oferecendo? Poderia acabar com o sofrimento de sua raça.

Korg novamente sacudiu a grande cabeça.

– Gosto de viver. E, enquanto eu ficar aqui, nenhuma outra vida kronan será tomada. Então fico nos eventos preliminares, o aquecimento antes do Evento principal.

Korg se acomodou num canto.

– Se você for inteligente, fará o mesmo.

Thor estreitou os olhos.

– Pretendo vencer o campeão, ganhar minha liberdade e voltar para casa.

– A única maneira de fazer isso é matá-lo, e não é possível parar aquela coisa. Não acho que ele possa ser morto.

Thor virou-se para encarar Korg, pronto para o que quer que o Grão-Mestre pudesse lançar sobre ele.

– Impossível matá-lo? – Thor zombou. – É óbvio que ele ainda não me conheceu.

7

THOR PASSOU A NOITE TODA ACORDADO, incapaz de pensar em nada além de enfrentar o Campeão do Grão-Mestre. Ao meio-dia, ele e um pequeno bando de prisioneiros foram escoltados para uma grande área de testes adjacente à arena. Armas e armaduras de todas as formas e tamanhos alinhavam-se aos muros para os aspirantes a lutadores se armarem nas batalhas seguintes.

Quando Thor observou o local, viu uma figura familiar e gritou:

– Valquíria! – A moça virou-se para ele. Estava rebocando outro prisioneiro recém-adquirido. – Fale com o Grão-Mestre. Liberte-me e volte para salvar nossa terra natal. Para Asgard!

Valquíria levantou uma sobrancelha.

– Você está em Sakaar, não em Asgard. Guarde seus apelos para a arena. Não que isso ajude muito. – Ela se virou e começou a se afastar. – Asgard não deverá parar de respirar esperando algo que jamais ocorrerá. Logo você estará morto – ela disse sem rodeios por sobre o ombro.

Thor revirou os olhos quando a moça se afastou. Não era exatamente do tipo amigável e carinhoso.

Enquanto Valquíria desaparecia numa esquina, ouvia-se um som alto vindo da direção da arena. Um momento depois, Korg pesadamente desceu a rampa, o escudo amassado, mas ileso.

– Vejo que venceu – disse Thor, impressionado.

– Por isso continuo aqui, como eu disse – retrucou Korg parando por um momento à frente de Thor, a expressão nos olhos suavizada. – Desculpe pelo que está prestes a acontecer. Se isto significa alguma coisa, acho que você é digno do melhor. Boa sorte, amigo.

Antes que Thor pudesse falar algo, um alienígena de cócoras com uma placa abriu caminho para Thor. Ele olhou o asgardiano algumas vezes, deu um grunhido satisfeito e puxou uma navalha. Thor levantou um punho na oposição, mas dois guardas o detiveram.

O alienígena de cócoras indicou uma cadeira no canto.

– Agora, vamos prepará-lo para lutar.

Sem muita escolha, Thor sentou-se, mas manteve a aparência desafiadora.

– Estou sempre pronto para lutar.

•••••

A imensa arena octogonal estava lotada para a luta do dia. Centenas de milhares de espectadores, criaturas e raças que atravessaram a galáxia, abarrotavam o local, um ao lado do outro, numa empolgação palpável. Acima deles, naves de todas as formas planavam para assistir aos eventos. Nunca houvera um único momento de tédio nos Torneios do Grão-Mestre, mas naquele dia a multidão, tanto acima como abaixo, sentia que alguma coisa especialmente gloriosa iria acontecer. O amado campeão de todos estava pronto para lutar e, pelo que falavam, seria um confronto histórico.

A suíte VIP ficava numa posição estratégica, e luxuosos sofás e cadeiras espalhavam-se pelo local, cujo comprimento era ocupado por um longo sofá.

Sentado nele estava o próprio Grão-Mestre. Ele acenou para Loki, que se misturava aos outros convidados mais adiante da suíte, indicando que o asgardiano deveria sentar-se perto dele.

– Vamos começar? – O Grão-Mestre sorriu de orelha a orelha, esfregando as mãos.

Loki mal podia conter o entusiasmo. Finalmente, seu arrogante irmão seria subjugado.

– Dizer que tenho sonhado com um momento como este seria um eufemismo grosseiro.

– Excelente. Então, vamos dar às pessoas o que elas querem.

No centro da arena, uma projeção de mais de dezoito metros de altura do Grão-Mestre apareceu de repente, os braços estendidos.

– Povo de Sakaar, viajantes, amantes do grande esporte: bem-vindos ao Torneio de Campeões, o maior espetáculo da galáxia! – A multidão vibrou aos gritos. – É o momento do evento principal, e tenho uma exibição para vocês. Primeiro, o adversário.

O público se manifestou com um misto de aplausos e vaias.

O Grão-Mestre fez um gesto solicitando silêncio.

– Ora, ora, mostremos algum espírito esportivo. Vindo de Asgard, apresento-lhes o autoproclamado deus do trovão, Thor!

Thor emergiu das sombras, pronto para a batalha. Com cabelo cortado rente ao couro cabeludo e barba aparada, ele usava uma armadura que se assemelhava a seu traje asgardiano. Embainhadas nas costas havia duas espadas, amarrado no braço um escudo bem gasto, e na outra mão uma grande clava. Ele chutou o chão, testando sua densidade e a areia que o cobria. Não havia elasticidade, e, portanto, qualquer queda poderia ser – e seria – brutal.

A multidão explodiu ao vê-lo. Nos assentos, as pessoas apostavam quanto tempo o novato duraria. Thor olhou em volta, tentando absorver a enormidade do local.

– E a lenda que dispensa apresentações! – continuou o Grão-Mestre enquanto as portas da arena começavam lentamente a abrir.

Thor jurou que já conseguia ouvir a respiração da criatura através do barulho da plateia. Colocando o capacete, assumiu uma posição de luta, parado de frente para as portas.

A imagem projetada do Grão-Mestre fez um gesto para a abertura da porta.

– O campeão invicto, a maravilha que todos sempre voltam para vê-lo destroçar os inimigos. O único, o único Incrível... – Berros dividiram o ar, interrompendo a apresentação do Grão-Mestre. Sem esperar as portas se abrirem completamente, um mastodonte explodiu pelo portão, demolindo a entrada. A gigantesca figura alcançava quase três metros de músculo sólido. Usava um capacete espartano, uma armadura cobrindo um ombro, um machado de batalha agarrado firmemente numa mão e um grande martelo de guerra na outra.

E era verde. Oh, muito verde mesmo!

A plateia toda ficou em pé, um barulho ensurdecedor espalhando-se pela arena. O Campeão soltou um grito que pareceu oprimir o da multidão enquanto batia o martelo de guerra no chão. A projeção do Grão-Mestre desapareceu. De volta à sua suíte, ele se virou para Loki e sorriu:

– Uma beleza, não é? – o Grão-Mestre disse a Loki.

Loki, no entanto, tentava afundar-se no sofá mais exuberante, o rosto pálido. Aquele campeão não lhe era estranho. Ele fez um gesto fraco concordando com as palavras do Grão-Mestre.

Na arena, Thor assimilou a imagem do Campeão e sentiu a última coisa que imaginava: esperança. A figura diante dele lhe era igualmente familiar, mas, ao contrário de Loki, estava lá um amigo. Na verdade, ele reconheceria a criatura em qualquer lugar, pouco importando o ambiente ou o vestuário. Diante dele, o Campeão não era outro senão *Hulk*!

Thor ergueu a clava e soltou um grito de animação. A plateia acalmou-se, claramente atingida pela reação de Thor. Curioso, o Grão-Mestre também olhou para ele.

– Nós nos conhecemos! – Thor olhou para a suíte do Grão-Mestre, um sorriso largo atravessando-lhe o rosto. – Ele é um amigo de trabalho!

E então voltou para encarar Hulk.

– Banner, venha, vamos nos unir e...

Hulk soltou outro rugido ao som do nome do seu alter ego. Em seguida, escavou o chão como se fosse um corcel preparando-se para atacar. E exalou alto.

Thor começou a perceber com uma grande sensação de medo que não havia nenhum sinal de familiaridade nos olhos do companheiro Vingador, apenas sede de sangue. Ainda assim, ele continuou a falar, confiante de que deveria haver algum tipo de mal-entendido:

– Não precisamos lutar, Banner. Você me conhece, lembra?

Os braços de Thor estavam estendidos para acalmar Hulk, que não compreendeu o gesto e gritou:

– Não Banner. Somente Hulk!

Sem aviso, Hulk rapidamente atravessou a arena em direção a Thor, que agilmente virou para as costas da agressiva criatura. Hulk parou e se virou.

– Acho que o raciocínio está fora de questão aqui – sussurrou Thor para si mesmo. Então, começou a girar a clava enquanto Hulk se preparava para o ataque.

Enquanto o verde Golias avançava para ele, Thor arremessou a clava diretamente no rosto de Hulk, que a esmagou e ergueu o punho. Thor esquivou-se para o lado, mal conseguindo evitar ser atacado no chão.

Em seguida, Thor puxou as duas espadas embainhadas nas costas e preparou-se para o próximo ataque de Hulk. Elevando o martelo de guerra, Hulk balançou a arma para baixo. Thor bloqueou-a com as duas espadas. Um ruidoso tinir ecoou na arena, e as espadas se partiram em duas, mas Thor foi salvo. A multidão arfou em conjunto.

O Grão-Mestre virou-se para Loki.

– Tenho de admitir que seu companheiro asgardiano é bastante impressionante.

– Com certeza, ele gosta de pensar em si mesmo dessa maneira – disse Loki, revirando os olhos.

Hulk começou a girar seu martelo de guerra em um padrão intrincado e mortal. Thor jogou de lado as espadas quebradas e recuou, observando e procurando uma saída para aquela situação. Dessa vez, rapidamente se lançou em sentido contrário ao de Hulk, que então se aproximava, e parou o martelo de guerra com o escudo. A arma voou da mão de Hulk. Um golpe no braço levou Hulk a soltar o martelo. Thor chutou o enfurecido adversário, e os dois rolaram para as extremidades opostas da arena.

– Hulk! Somos amigos! – Thor gritou pela arena. – Não precisamos entretê-los por mais tempo!

A multidão vaiou a tentativa de Thor de interromper o Torneio e começou a entoar "Campeão!" mais e mais. Hulk baixou a cabeça, preparando-se para correr. Thor agachou-se numa posição de corredor, pronto para o encontro no centro.

Os dois amigos transformados em adversários correram um para o outro. Assim que chegaram ao centro da arena, Hulk saltou, os dois punhos erguidos para o alto. Thor, antecipando a estratégia, cronometrou o salto e, então, posicionou-se sob Hulk enquanto o gigante pulava do chão. Um poderoso *uppercut* de Thor atingiu a mandíbula de Hulk, e a multidão ofegou quando o golpe derrubou o capacete do campeão.

Com Hulk pego de surpresa, Thor passou a desferir vários golpes naquela grande cabeça verde. Hulk começou a balançar descontroladamente, sem tempo para reagir a cada pancada de Thor, a qual deixava o Campeão cada vez mais desequilibrado. Thor sentia o enfraquecimento de Hulk, e, mesmo querendo parar e forçar o gigante verde a reconhecer que eram amigos, e não adversários, Thor sabia que precisava continuar para vencer o Torneio, realizar seu desejo e voltar para casa, para Asgard.

De repente, um choque de eletricidade disparou através de Thor, que caiu, contorcendo-se de dor, seu progresso na luta estragado. Olhando para a suíte do Grão-Mestre, ele viu o homem segurar um controle numa mão enquanto movimentava o dedo para a frente e para trás.

Era o disco de obediência.

Aproveitando o momento de fraqueza de Thor, Hulk agarrou o asgardiano pelos pés e começou a sacudi-lo de um lado para outro, batendo Thor no chão à esquerda e à direita, à esquerda e à direita. Loki, que já havia estado na extremidade receptora desse movimento antes, sufocou um sorriso na suíte VIP.

Thor deitou-se no chão da arena, ensanguentado e ferido. Paralisado de dor, ele observou Hulk se lançar no ar, quase tão alto como as naves pairando acima. O mastodonte começou a descer, os punhos primeiro. No último segundo possível, Thor rolou, a um triz de ser esmagado para uma provável morte.

– Hulk – Thor ofegou. – Banner, lembre-se de quem você é. Somos amigos.

Hulk fez uma pausa.

– Amigos?

O Grão-Mestre ficou de pé com o resto do público, batendo palmas, torcendo para que seu campeão desferisse o golpe final. Mas Hulk olhou para Thor, deitado impotente sobre a areia.

– Sim... amigos. Hulk e Thor. – O asgardiano implorou que suas palavras chegassem até Hulk.

Hulk se abaixou e agarrou Thor pelo peito.

– Amigo – ele sussurrou no ouvido de Thor, antes de atacá-lo no momento final, e a última coisa que Thor viu foi o chão da arena erguendo-se para encontrá-lo antes de tudo ficar preto.

8

O ZUNIDO ABORRECIDO em seus ouvidos certamente não vinha do público, isso Thor sabia. Quanto tempo ele ficou desacordado era outra questão. Assim como era a questão saber onde estava. Enquanto sua consciência ia e voltava, os olhos começaram a reconhecer o ambiente ao redor. Thor fora colocado num sofá de couro macio, construído para alguém muito maior do que ele. Grossos carpetes revestiam os pisos e cortinas de veludo vermelho bloqueavam qualquer luz que tentasse passar. Uma enorme cama com dossel estava posicionada em um canto do cômodo. Quando o barulho em sua cabeça passou, Thor achou estar ouvindo um borbulhar. Talvez tivesse sofrido uma concussão.

Mas então, virando a cabeça, Thor testemunhou uma visão que nunca pensou contemplar: Hulk descansando numa fonte termal natural como se fosse uma banheira de hidromassagem, emitindo um gemido de profundo e grato prazer enquanto a água morna relaxava seus músculos cansados da batalha.

– Onde estou? – Thor perguntou.

– Casa do Hulk. Thor amigo. Amigo descansa. – Hulk fez essas declarações como fatos, não havia espaço para argumentos. Não que Thor o faria. Ele sabia que havia estado perto de morrer naquela arena. A intervenção do Grão-Mestre quase custara a vida de Thor. Felizmente, ele percebeu que conseguira alcançar seu amigo. Hulk, de alguma forma, salvara Thor da obliteração total, e isso significava que alguma coisa de Banner ainda existia naquele gigantesco campeão de luta. Thor sentiu uma pequena faísca de esperança se acender mais uma vez.

– Hulk, obrigado por me poupar. Estamos sozinhos, não é? – Hulk assentiu. – Posso falar com Banner?

Hulk agitou-se na fonte, a testa franzida.

– Não Banner, só Hulk – respondeu num tom de voz que sugeriu a Thor não forçar o assunto no momento.

– Muito bem. Bom saber. Como você chegou aqui? Há quanto tempo está neste planeta, Hulk?

A expressão no rosto de Hulk mudou para confusão.

– Hulk não sabe. Uma nave, então Hulk aqui. Hulk luta. Hulk ganha.

Thor entristeceu-se. A nave devia ser o Quinjet, na qual Banner partiu depois da Batalha de Sokovia. Desde então, ele interrompera qualquer comunicação, e aquela foi a última vez que os Vingadores tiveram notícias dele... até aquele momento. Então seu amigo estivera ali todos esses anos?

– Hulk... tentamos rastreá-lo, todos nós, para trazê-lo para casa – Thor começou com cuidado.

Mas Hulk o ignorou, levantando-se e espirrando água para todos os lados quando saiu da fonte. Secou-se e começou a se vestir para a batalha. Um capacete recém-reparado pendia ao lado de uma parede de armas.

– Hulk em casa agora. – Parecia resignado e até feliz. Bem, tão feliz quanto Hulk poderia ser.

– Não precisa ser desse jeito. Nós podemos sair daqui. Juntos! Por favor, Hulk, minha casa, Asgard... precisa de mim. Agora mais do que nunca. E, com sua força, eu usaria mesmo você lá comigo.

Hulk terminou de se vestir.

– Hulk em casa. Thor amigo. Thor fica.

Thor cautelosamente foi até junto dele.

– Hulk, por favor. Solte-me, pelo menos. Convença o Grão-Mestre a me libertar para que eu possa sair e...

Thor de repente se viu cara a cara com Hulk, cujos olhos grandes se estreitavam.

– Thor amigo. Thor fica.

A mais leve pancadinha de Hulk colocou Thor de volta no enorme sofá.

Quando o gigante verde começou a sair de seus aposentos, Thor fez um ligeiro aceno.

– Fique vivo. Mas parece que está fazendo um bom trabalho nesse sentido – murmurou assim que seu amigo e salvador saiu.

Thor esperou até ouvir o tumulto animado da multidão ao longe, quando seu Campeão voltou a entrar na arena. Então caminhou até a porta e olhou ao redor. O caminho estava livre. Foi até a parede e escolheu uma bola cheia de pontas com uma corrente, de aparência desagradável, dirigindo-se em seguida para a saída. No entanto, assim que passou por ela, seu corpo foi sacudido por um enorme fluxo de eletricidade que o fez cambalear. Tentou avançar, mas a dor do disco de obediência era intensa, e ele caiu, voltando para a suíte de Hulk.

– Plano... B? – Thor se perguntou em voz alta quando caiu no chão, perdendo a consciência mais uma vez.

Voltou a si um pouco mais tarde, encontrando-se de volta no luxuoso sofá. Thor viu Hulk caminhando pelo cômodo.

– Suponho que deva lhe dar os parabéns? – Thor perguntou suavemente.

Ao ouvir o amigo acordado, Hulk foi até Thor e apontou para o disco de obediência.

– Thor amigo. Amigo fica!

– Sim, sim, eu sei. "Casa do Hulk", não quer sair. Já tentamos esse caminho.

A mente de Thor trabalhava rapidamente. Sabia que tinha de sair. Olhou para a porta e sorriu. *É claro*, pensou. *O caminho de saída é, geralmente, o mesmo de entrada*. Uma ideia lhe ocorreu.

– Hulk amigo de Thor, certo? – Hulk assentiu. – E se eu lhe dissesse que tenho um amigo aqui, alguém que gostaria muito de ver? Você poderia trazê-lo para mim? Como um favor?

– Thor fica? – Hulk pareceu hesitante.

Thor assentiu.

– Sim, Thor fica. Fica bem aqui até você voltar.

Com isso, Thor disse a Hulk quem ele precisava ver e como encontrá-lo.

◇◇

– Você *só pode* estar brincando comigo.

Thor virou ao som da voz que vinha da entrada. Era Valquíria! Hulk passou por ela e mergulhou no grande sofá.

– Thor amigo – disse a Valquíria como uma explicação.

– Não um dos meus – ela rebateu, e fez meia-volta para sair.

– Espere! – Thor gritou. – Antes de cair da Bifrost, na escuridão que me consumia, acho que talvez eu tenha visto algo... uma mulher. Ela assolou meus pesadelos, e agora receio que tenha Asgard em seu domínio.

Valquíria ficou paralisada com a revelação de Thor. Ela balançava a cabeça ao se virar.

– Onde está Odin? Ele não deveria estar protegendo seu reino?

– Ele... não sei. No entanto, não está em Asgard. – Thor se moveu em direção a ela e segurou-a pelo braço. – Você sabe de alguma coisa, não é?

– Você não saber, ou não ter descoberto, mostra o quanto Odin preparou seu herdeiro. E também mostra como ele pouco se importa com as outras valquírias depois de... – A voz da moça apagou.

– O quê? Depois do quê? Diga-me para que eu corrija o que quer que meu pai não tenha conseguido fazer.

Os olhos de Valquíria brilharam de raiva.

– Essa era a nossa tarefa! Odin encarregou as valquírias a levar de volta aquela que retornou.

– Que seria? – Thor sentia-se ansioso. A resposta estava próxima.

– Hela – Valquíria cuspiu o nome da antiga inimiga da Velha Asgard. – Deusa dos mortos, governante de Hel. Lutamos muito para afastá-la, e uma maldição recaiu sobre Hela: enquanto Odin se sentasse no trono, Asgard ficaria a salvo.

A cabeça de Thor pendeu.

– E, por causa das manipulações do meu irmão, Odin foi destronado e tem vagado por Midgard já há algum tempo.

– Dando a Hela o tempo e a oportunidade de que precisava para promover um ataque. – Valquíria deu um tapinha no ombro de Thor. – Desculpe, mas Asgard está condenada, e não há nada que você possa fazer quanto a isso.

Os olhos de Thor se iluminaram.

– Há um caminho para fora deste mundo. Eu sei como, só não sei onde. A nave que trouxe meu amigo aqui, você sabe onde está?

Valquíria encolheu os ombros.

– Provavelmente no antigo estaleiro perto do mercado. Não que isso lhe tenha serventia, pois não vai a lugar algum.

De repente Thor sorriu e apertou Valquíria num forte abraço, provocando um som de repugnância enquanto ela o afastava e caminhava em direção à porta. Ele seguiu-a. Hulk cochilou durante a conversa, e Thor deu um aceno silencioso para seu amigo dorminhoco enquanto passava pela porta, ileso.

Valquíria ficou espantada.

– Como...?

Thor ergueu o controle do disco de obediência, que conseguiu pegar quando a abraçou. Usou o controle para desativar o disco de obediência de seu peito, o qual já não brilhava. Extraindo-o, colocou-o no cinto. Depois, correu para fora da suíte, deixando uma Valquíria sem fala e um Hulk roncador para trás.

9

O ESTALEIRO PARECIA a versão galáctica de um lote de carros usados. Naves de todos os tamanhos e condições empilhavam-se, enferrujando. Thor se atirou pelas filas até...

Lá!

Ele correu até uma aeronave de aparência familiar. Apesar de um pouco empoeirada, parecia estar inteira.

– Eu poderia beijar você – ele disse com alegria ao Quinjet, a mesma aeronave que havia trazido Hulk para o planeta.

Ele subiu ao *cockpit* e procurou os controles para ativá-la. Mas, de repente, uma voz veio dos alto-falantes:

– *Por favor, diga o código de ativação.*

– Sim! – exclamou Thor. – Humm, vamos tentar: Vingadores, reunir.

– *Desculpe, está incorreto* – retrucou a aeronave.

Thor vasculhou o cérebro. O que teria Tony Stark programado? Suspirando, tentou novamente:

– Tony Stark é um gênio.

A placa de controle do Quinjet se iluminou.

– *Código de ativação aceito.*

Thor riu de sua sorte. Ele se preparou para acionar os motores quando de repente ouviu um *RIIIIIIP* da parte detrás da aeronave. Virando-se, viu que Hulk o havia seguido até o estaleiro e naquele momento estava no processo de arrancar a parte traseira do Quinjet.

– Thor amigo. Thor fica! – Hulk rugiu para ele.

Antes que Thor pudesse responder, o Quinjet, com suas luzes piscantes, falou mais uma vez:

– Reconhecimento de voz. Bruce Banner, Hulk. Recuperação de mensagens ativada.

Thor olhava os controles enquanto um rosto familiar apareceu na tela: Natasha Romanoff, também conhecida como Viúva Negra. Ela e Hulk tinham sido amigos íntimos quando Hulk ainda estava na Terra, lutando ao lado dos Vingadores.

– *Oi, grandalhão* – ela começou hesitante, os traços tristes e preocupados. – *Não sei se você está aí fora. Não sei se está recebendo esta mensagem. A quinta que enviei até agora. Sei que deve estar assustado, onde quer que esteja. Mas tudo ficará bem.* – A tela piscou por um momento, e a Viúva Negra reapareceu. – *Sinto sua falta. E o sol já está se pondo...*

A imagem desapareceu quando a mensagem chegou ao fim. Thor virou-se. O olhar de Hulk se fixou na tela. Ele estendeu a mão para tocá-la, e, ao fazê-lo, o braço dele começou a diminuir, junto com todo o corpo.

Lentamente, Hulk voltou a ser Bruce Banner.

Thor correu para abraçar o amigo.

– Ela codificou a frase certa! Brilhante trabalho! Eu queria conhecê-la antes, o que teria evitado muita pancada e muita dor. Mas bem-vindo de volta!

Bruce estava em estado de choque. Afastando o abraço amigável de Thor, olhou ao redor selvagemente.

– Onde estou? – As lembranças surgiam com rapidez, e ele começou a entrar em pânico. – Ultron! Sokovia! Temos de detê-lo. Eu não queria ferir ninguém. Eu queria...

Thor tentou acalmar Banner.

– Meu amigo, por favor, ouça-me. Ultron foi derrotado. Os Vingadores o destruíram.

– Quando? Como? – Banner estava perplexo.

– Dois anos atrás. – Thor suspirou, odiando dar tais notícias.

Os olhos de Banner se arregalaram.

– Dois... dois anos? – Olhando ao redor, ele observou o visual e os sons alienígenas. Virando-se para Thor, um olhar aterrorizado cruzou seu semblante. – Hulk. Ele esteve no controle todo esse tempo. E o que ele tem feito?

– Provavelmente é melhor que não saiba. Digamos que você é bastante popular aqui, e também muito reconhecido, portanto, tente manter a calma e o controle.

– Palavras do deus do trovão. – A voz de Banner se enchia de pânico enquanto tentava respirar.

– Não tanto *neste* mundo.

Banner olhou para Thor. Nos olhos, desespero.

– Então, qual é o plano? Como podemos sair daqui e voltar para casa?

Thor fez um gesto com a cabeça para o Quinjet, naquele instante dividido em dois.

– Bem, nossa primeira opção está fora de cogitação. Mas conheço alguém que talvez nos ajude.

•••••

– Você perdeu os *dois*? O loiro posso entender, mas também o Campeão? Como conseguiu perder um monstro assassino verde de duas toneladas?!

Valquíria estremeceu enquanto o discurso do Grão-Mestre continuava. Este, por sua vez, tentava acalmar-se caminhando pela câmara.

– Pense, pense, pense. Ah! Um jogo!

– Jogo? – Valquíria levantou uma sobrancelha. Aquele momento não parecia ideal para jogos.

– Um Torneio. Veja quem pode encontrá-los primeiro. Você ou – ele se virou para encarar Loki, que estava sentado confortavelmente num canto – o irmão dele.

Loki pareceu surpreso.

– Eu? E por que motivo? Os jogos são meu forte, mas não os desse tipo. Podemos dizer que os meus são mais... cerebrais?

– Você está vinculado a seu irmão. Sabe como ele pensa. E... – O Grão-Mestre parou de falar, um brilho nos olhos. Depois, completou: – você adora dinheiro.

Tais palavras instigaram os interesses de Valquíria e Loki.

– Estamos falando de quanto? – perguntou ela.

– De mais do que jamais lhe pagaram. Combinado. – O rosto do Grão-Mestre ficou sério. – O primeiro de vocês que encontrar meu Campeão e trazê-lo de volta para que vença. Em relação ao asgardiano, faça o que quiser. Ele anda me trazendo muitos problemas. – Valquíria e Loki se entreolharam, avaliando a concorrência. – O que estão esperando? Vão! – ordenou o

Grão-Mestre. Com isso, o Torneio estava entre os dois novos rivais.

•••••

– Isso é uma loucura. Você sabe, certo? – Banner corria para acompanhar Thor. Ele vestia roupas novas encontradas num compartimento de emergência no Quinjet: jeans e uma camiseta em que se lia: STARK MANDA.

– A situação é um pouco grave... Vou lhe entregar isto – Thor retrucou.

– Eu quis dizer tudo isso – Bruce disse, gesticulando amplamente para enfatizar seu ponto de vista.

Os dois corriam pelas ruas do mercado. Em todo lugar havia vendedores oferecendo mercadorias do Campeão: máscaras Hulk, camisas, punhos que rugiam quando davam socos juntos.

– Eu lhe disse, ele é bastante popular aqui. – Thor os conduziu para fora do mercado e, por acaso, diretamente para um desfile celebrando o Campeão. Uma banda estava tocando, e o pó verde explodia em todos os lugares.

Alguém que participava do desfile apontou o que parecia um rolo de papel no rosto de Bruce, puxou uma corda, e – *BUM!* – ele estava coberto com o pó verde.

Bruce percebeu que começava a perder o controle diante de toda aquela *hulkmania*. Assim, lutou para se manter calmo.

– O sol já está se pondo... O sol já está se pondo – Bruce repetiu enquanto tropeçava entre a multidão, cego pelo pó. Mas então colidiu com alguém bastante desagradável, parecendo um alienígena, que imediatamente se ofendeu. Bruce olhou ao redor; no entanto, havia perdido Thor na multidão. O alienígena, irritado, começou a levantar o punho, pronto para socar Bruce, quando... *ZZZZZZAP!* Ele começou a tremer incontrolavelmente e caiu de bruços.

Bruce examinou o alienígena e viu um disco de obediência atado às costas dele.

– Você é novo – disse uma voz por trás dele.

Bruce virou-se e viu Valquíria, que segurava o controle para o disco de obediência na mão enquanto o olhava.

– Pena que não tem utilidade alguma para mim. Não duraria cinco segundos na arena.

– Você nem imagina como está errada – disse Thor, abrindo caminho até eles.

– Arena? Que arena? – A confusão de Bruce se agravava quanto mais ele permanecia ali.

– Valquíria, conheça seu Campeão – disse Thor, apontando em direção a um desconcertado Bruce.

Valquíria pareceu aturdida com a visão da força inimaginável da natureza reduzida àquele ser humano diante dela.

– Ele? Mas ele é tão... – ela franziu o nariz – insignificante.

Banner ficou um pouco mais corajoso, apesar de ofendido.

– Prefiro o termo "acadêmico".

Thor se virou para Valquíria.

– Andei procurando você.

– Eu ia dizer o mesmo – retrucou ela.

– Por favor. Diga-me que está aqui para ajudar. – A esperança surgiu no rosto de Thor.

Valquíria zombou e gesticulou para que a dupla a seguisse. Então balançou a cabeça.

– Você é persistente; vou ajudá-los. Burro, mas persistente.

10

O TRIO ABRIU CAMINHO PELO DESFILE, esquivando-se e contornando os participantes mais entusiasmados, todos comemorando os triunfos de Hulk. Bruce ainda não conseguia acreditar que havia um lugar onde seu alter ego destrutivo era tão célebre.

– Então, como vocês dois se conhecem? – gritou para Valquíria e Thor acima do barulho dos foliões.

– Ela é uma grande guerreira da tradição de Asgard – disse Thor.

– Ele era meu prisioneiro – afirmou Valquíria ao mesmo tempo. – Eu o trouxe para lutar contra você.

Banner ficou surpreso.

– Nós... lutamos? – Seus olhos se arregalaram de medo. – Machuquei você?

Thor afastou as preocupações do amigo.

– Nada que tempo e talvez algumas águas curativas e bons vinhos em Asgard não possam curar.

Valquíria sorriu ao pensar que Bruce não sabia de suas ações como Hulk.

– Ele tem sorte de vocês dois serem amigos – disse ela. – Você foi o Campeão por um tempo por algum motivo.

Banner parecia desanimado.

– Esta celebração, estas pessoas... Eles adoram o Hulk. O que eu fiz para merecer isso?

– Bem, você conseguiu sucesso em ma...

Thor interrompeu Valquíria, desesperado para mudar de assunto.

– Para onde estamos indo?

– Para minha nave. O Grão-Mestre quer você, e estou abrindo mão de muito dinheiro por fazer isso. Experimente me irritar, e posso mudar de ideia. – Thor percebeu que o tom de voz de Valquíria havia se alterado desde que eles se falaram pela última vez.

– Por que a mudança de atitude? – Thor estava genuinamente curioso.

Um suspiro veio de Valquíria.

– Hela. Você precisava ter dito para mim que ela estava de volta. – A guerreira sacudiu a cabeça. – É um dever de valquíria proteger Asgard das garras dela. Quando Hela atacou antes, eu era muito jovem e ingênua para pensar que poderia ter de lidar sozinha com aquela mulher. – Valquíria fez uma pausa, lembrando o passado. – Eu não sobreviveria à primeira onda de ataque.

– Então vai voltar comigo para Asgard e terminar o que começou? – Thor ficou satisfeito por finalmente ter conseguido convencê-la.

– Farei o possível para levá-lo a Asgard. *Então* veremos o que vou fazer. – Valquíria fez sinal para que a seguissem. – Chegamos.

Thor reconheceu a elegante nave de antes, quando ela o havia capturado a fim de entregá-lo ao Grão-Mestre. A nave de Valquíria era claramente um dos melhores equipamentos voando no céu de Sakaar. Os três embarcaram.

– Você precisará se sentar aqui comigo. Temos companhia lá atrás. – Valquíria chamou a atenção deles para uma figura amarrada e amordaçada na parte detrás da nave.

Era Loki. Thor imediatamente pegou o objeto mais próximo, uma chave inglesa, e a atirou no irmão. A chave atingiu Loki em cheio no peito, e ele soltou um grito abafado.

– Eu precisava ter certeza – explicou Thor. – Ele é conhecido por suas ilusões.

– *Eu* precisava ter certeza de que ele não me venceria na aposta do Grão-Mestre caso ele encontrasse vocês primeiro e os levasse para o louco varrido, como o cachorrinho em que se transformou. – Valquíria claramente não tinha paciência com alguém cheio de truques.

Thor deu uma risadinha.

– Você conheceu bem meu irmão.

– Loki está aqui? Estão loucos? Você não se lembra do que ele nos fez na última vez? – Bruce estava olhando cautelosamente o vilão amarrado.

– Sim, e tenho certeza de que ele se lembra de que ajudou a acabar com sua louca empreitada. Se ele se mover, sinta-se à vontade para ficar verde e atacá-lo novamente. – Thor sorriu quando Loki visivelmente empalideceu com a lembrança.

Valquíria digitava coordenadas em seu sistema de navegação.

– Acho que nossa melhor opção é chegar a Xandar, abastecer e estocar suprimentos. Se mantivermos velocidade máxima, devemos chegar a Asgard em dezoito meses ou mais.

Thor ficou horrorizado.

– *Dezoito meses*? Asgard pode nem ter dezoito horas se Hela realmente retornou e é tão mortal quanto você diz!

– Sou a única que tem uma nave, mas estou aberta a sugestões. – Valquíria sentou-se, confiante que a opção dela era a melhor.

– Existe uma nave *mais rápida*? – Thor perguntou. Valquíria sacudiu a cabeça. Ele examinou o céu, olhando os muitos buracos de minhoca. – Viemos para cá através de um desses. Talvez possamos retornar do mesmo jeito.

Valquíria riu dele.

– Tudo bem, deus do trovão. Escolha um e lhe digo como isso não vai funcionar.

Ele apontou para o enorme buraco de minhoca que ocupava quase um terço do céu.

– Aquele. Parece que poderia nos levar no menor tempo possível para onde precisamos estar.

Boquiaberta, Valquíria olhou para Thor em silêncio por um momento antes de explodir num ataque histérico.

– Você espera que eu voe para o magnetar? Esta nave não duraria um minuto ali, e não me inscrevi para uma jornada suicida.

Banner abriu caminho no *cockpit* para obter uma visão melhor.

– Você tem um buraco de minhoca magnetar aqui?

– Conhece essa coisa? – perguntou Thor.

– Estudei o assunto como parte do meu quarto doutorado.

– Então pode nos ajudar a navegar através dele. Perfeito! – Thor sorriu.

Bruce não parecia tão convencido.

– Acho que você não entendeu. O interior de um buraco de minhoca magnetar é tal que mesmo uma colher de chá de sua atmosfera teria uma massa de cem milhões de toneladas.

Thor olhou para o amigo, sem entender o problema.

– Eeeeeeee...

– Nós bebemos e brindamos por um plano impossível – retrucou Valquíria.

– Certamente há um caminho, Banner. – Thor era insistente.

Bruce pensou por um momento.

– Bem, supondo que nenhum de nós apagasse com a pressão durante a jornada, então ainda precisaríamos de uma nave que conseguisse suportar a tensão geodésica do buraco de minhoca sem escudos, *e* de algum tipo de mecanismo de direção elétrica *off-line* que funcionasse sem o sistema do computador de bordo.

Valquíria olhou para Bruce.

– Você está certo. *Acadêmico* combina melhor com você do que insignificante.

– Podemos encontrar uma nave dessas aqui? – perguntou Thor.

Uma série de grunhidos e sons abafados veio da parte detrás da nave. Eles se viraram para ver Loki tentando cuspir a mordaça. Thor aproximou-se cautelosamente do irmão e a tirou.

– Até que enfim. Obrigado. Se você tivesse me deixado participar da conversa anteriormente, eu poderia ter evitado a aula de Física do doutor Banner. – Thor fez menção de recolocar a mordaça, mas Loki se esquivou. – Desculpem. Qualquer um tende a ficar um pouco irritado quando amarrado na parte detrás de uma nave estranha com ferramentas jogadas sobre si.

– Você disse que tinha uma solução? Desembuche. – A paciência de Thor estava por um fio.

– O Grão-Mestre me ofereceu um passeio pelo palácio, e ele mantém uma coleção com as melhores naves da galáxia na garagem.

– Então, surrupiamos uma nave do sujeito que me manteve refém por dois anos? – Bruce perguntou incrédulo.

– Você tem uma ideia melhor? – retrucou Loki.

Bruce balançou a cabeça.

– Apenas me certificando de que estávamos roubando o cara certo.

– Liberte-me, irmão, e poderei levá-lo até onde ele armazena as naves. Estudei seu complexo e tenho certeza de que facilmente evitaremos a detecção e encontraremos a nave de que precisamos – disse Loki a Thor, soando sincero.

Thor relutou por um momento antes de soltar seu irmão.

O par improvável começou a sair da nave antes que Thor parasse, olhando para Valquíria.

– Para que isso funcione, creio que será melhor se tivermos algum tipo de distração.

Um sorriso cruzou o rosto de Valquíria.

– Acho que sei exatamente o quê.

Quando Loki e Thor saíram da nave, Valquíria levantou voo e se encaminhou para a arena.

Thor olhou para o irmão.

– Só teremos uma chance. Não estrague tudo.

Loki sorriu.

– Confie em mim, irmão. Tenho tudo sob controle.

Bruce observou enquanto Valquíria pousava a nave no meio da arena.

– O que está planejando?

– Se eu fosse você, estaria menos preocupada com isso e mais com ficar pequeno e rosa. – Valquíria sorriu. – Todo mundo lá fora pode amar o Campeão, mas esses caras talvez não fiquem muito felizes em ver o Grandão Verde. Você é a principal concorrência deles.

Banner esperou na nave, pois Valquíria tirou facilmente dois guardas posicionados na entrada de uma caverna escura. Dentro de alguns instantes, começou a ouvir um rugido aproximando-se e sentiu o chão tremer. Valquíria saiu correndo pela entrada da caverna. Bruce não acreditou em seus olhos quando viu o que a seguia.

Dezenas de alienígenas jorravam da caverna. Armas eram entregues a cada um enquanto os prisioneiros libertos se armavam. A nave de Valquíria começou a subir, e ela e Bruce voaram sobre Korg, que assumiu o controle dos prisioneiros libertos e estava preparando o grupo para a batalha.

Valquíria acionou uma chave, e um alto-falante projetou sua voz para a multidão abaixo. Olhando para Korg, ela disse:

– O deus do trovão manda lembranças.

Com isso, saiu voando quando um motim em grande escala estourou.

11

– ALGUÉM PODERIA ME EXPLICAR como as coisas chegaram a este ponto? – exigiu saber o Grão-Mestre enquanto seguia os corredores de sua imensa nave. Olhando para a deprimente cena abaixo, ele viu seus melhores lutadores, aqueles que estava preparando para os amados Torneios, incitando um motim, correndo pelas ruas e destruindo qualquer coisa que tivesse o rosto do Campeão.

Um guarda se aproximou do Grão-Mestre.

– Bem, senhor, os escravos...

O Grão-Mestre o interrompeu com um brilho no olhar:

– O que tenho dito sobre essa palavra?

O guarda, constrangido, corrigiu-se:

– Os "prisioneiros com empregos" foram libertados, ao que parece, pela Cata-Sobra 142.

Topaz bufou atrás do Grão-Mestre.

– Números. Eu lhe falei que ela não era confiável – disse a moça presunçosamente.

– Ora, ora. Este não é o momento para ciúme. Precisamos de críticas construtivas. E de um plano. Um pagamento semanal extra para a pessoa que vier com o melhor plano. Vá! – O Grão-Mestre se acomodou na cadeira felpuda do capitão na cabine da nave e observou enquanto sua cidade explodia em caos. Sua nave foi logo flanqueada por uma meia dúzia de naves de guerra destinadas a acabar com o motim, e rapidamente.

Abaixo, Korg olhou para ver o homem que tinha saqueado sua amada cidade por diversão. Sua chance de redenção – e de completar a revolta da qual ele já fazia parte –, estava finalmente à mão. Com um grito, ordenou que os companheiros lutadores libertados dirigissem os ataques para a nave.

A nave do Grão-Mestre de repente foi bombardeada com explosões, pedras e qualquer coisa que os rebeldes pudessem jogar ou disparar contra ela. Cada vez mais agitado, o Grão-Mestre repetia selvagemente:

– O plano? Alguém?!

•••••

– Qual é seu plano aqui, irmão? – Thor sussurrou enquanto os dois asgardianos se infiltravam silenciosamente pelas profundezas do palácio do Grão-Mestre.

– Paciência, querido irmão. Primeiro, devemos nos preocupar com os dois guardas que estão bloqueando nosso caminho.

Agindo em conjunto, os filhos de Odin desarmaram os guardas e os deixaram inconscientes com um movimento fluido.

– Você nos ajudará a libertar Asgard das garras de Hela quando chegarmos? Posso contar com você? – Thor perguntou.

– Claro. Afinal de contas, tenho certeza de que você me culpa pelo ressurgimento dela. É o mínimo que posso fazer. – Loki parecia contrito. – No entanto, estou curioso sobre o porquê da súbita mudança de posição que o levou a se tornar Odinson e assumir o trono.

– É necessário para que Hela seja derrotada. Portanto, é meu dever – explicou Thor. Ele soltou um pequeno suspiro, a voz quase assumindo um tom de desculpa: – No passado, reivindiquei o trono. Quando não o ganhei, então recusei-o no momento em que Asgard mais precisava de mim. Você o usurpou. Duas vezes.

– No entanto, você está sempre perdoado – disse Loki, tentando não zombar.

– Minha opinião é que nosso conflito egocêntrico em relação a Asgard arruinou nosso reino. Estávamos tão concentrados em lutar pela liderança que nos esquecemos de que existe um meio e um fim. Se estou para ser rei, então quero ser um guardião, não um conquistador.

– Por que de repente expõe sua alma para mim? – perguntou Loki.

Thor voltou-se para o irmão.

– Porque quero mudar. Quero ser melhor. E acho que você também pode. Ajudando-nos a escapar, mostrou que consegue caminhar nessa direção. – Thor olhou para Loki com sinceridade. – Construa um novo começo, irmão. É o momento para isso.

•••••

A sagacidade do Grão-Mestre estava no fim. Nunca pensara em viver um dia como aquele. Tudo pelo que trabalhara desaparecia diante de seus olhos. Falando no microfone do centro de comunicações, sua voz foi transmitida para aqueles que estavam abaixo:

– Se você forçar-me a matá-lo, então não terei ninguém para a luta da próxima semana! Não podemos chegar a algum tipo de acordo? Você, Korg... fale alguma coisa sensata para essa turba. – O Grão-Mestre caiu de volta na cadeira, esperando que suas palavras chegassem aos manifestantes.

Abaixo, Korg pegou de um vendedor o carrinho repleto de bandeiras do Campeão e o arremessou na nave do Grão-Mestre, que suspirou profundamente.

– É o fim. – Ele se virou para um soldado posicionado num centro de controle de armas e fez-lhe um aceno.

As torres da nave giraram apontando para baixo. O gás começou a vazar quando o Grão-Mestre soltou um produto químico no ar. Korg cobriu o rosto e exortou a todos que procurassem abrigo enquanto começava a escalada de luta.

12

OS IRMÃOS FINALMENTE ALCANÇARAM o hangar do Grão-Mestre. Diante deles, havia uma vasta gama de naves de toda a galáxia. Dezenas alinhadas às paredes. Thor começou a examinar cada uma.

– Se eu conseguir – Loki falou –, a limusine pessoal do Grão-Mestre é bastante notável. Na verdade, uma beleza. Ele me mostrou a cidade nela quando cheguei pela primeira vez.

– Duvido que um veículo de luxo seja o que Banner solicitou – Thor retrucou.

– Uma vergonha. Eu adoraria ter um.

Thor suspirou.

– Tenho certeza disso, irmão. Mas, pelo menos por hoje, poderia começar a procurar por algo parecido com a descrição de Banner?

Loki riu.

– Eu simplesmente disse que poderia mostrar-lhe onde encontrar o que você estava procurando. Na verdade, não entendi uma palavra do que ele balbuciava.

– Não importa. Acho que esta pode ser exatamente a nave da qual precisamos. – Thor parou diante de uma diferente de qualquer outra que já havia visto. Gloriosa. Elegante, porém robusta, claramente uma tecnologia de ponta. No *cockpit* havia mais controles do que Thor já vira antes, ainda mais moderna do que Tony Stark poderia projetar. Provavelmente.

– Ah, o *Comodoro*. Irmão, seu gosto é excelente. O Grão-Mestre se gabou dele, chamando-o de sua mais nova aquisição.

– Agora é nossa aquisição. Venha. Valquíria deve estar pronta para nós.

Thor e Loki rapidamente embarcaram na veloz nave enquanto o ruído dos tumultos se elevava mais.

•••••

– Aqui estão eles – disse Valquíria, a voz repleta de cobiça. – Loki não estava brincando. O Grão-Mestre tem algumas belezuras quando se trata de naves.

– Falando de... – disse Bruce, apontando. – Lá vem.

– Vi uma dessas cinco segundos atrás. Estava esperando que entrasse no alcance. – Ela explodiu a nave de guerra que se aproximava enquanto ainda olhava para Bruce.

– Show de bola. – Bruce teve de admitir que estava bastante impressionado com as habilidades dela como guerreira e piloto.

A comunicação estalou na nave.

– Comodoro *para Valquíria, está ouvindo?*

– Estou. Thor rouba uma nave e de repente começa a falar como um piloto. – Valquíria sorriu em sinal de aprovação.

– No caso de você não ter notado, sua "pequena" distração se transformou em uma guerra total – disse Thor pelo comunicador.

Valquíria sentou-se satisfeita, absorvendo tudo.

– Eu sei. Excelente, não?

– Não são as palavras que eu escolheria, considerando o que ainda enfrentaremos. Prefiro que saiamos disso o mais

rápido possível. – O tom na voz de Thor não soava divertido. – *Banner, esta nave será suficiente para passar por seu buraco de minhoca?*

– Eu não iria reivindicá-lo como meu, mas parece resistente. Preciso fazer um exame mais detalhado para determinar exatamente...

Valquíria interrompeu Bruce.

– Thor, você sabe como abrir as portas do compartimento?

– *Acho que sim. Por quê?* – perguntou ele.

– Então as abra. – Ela se virou para Bruce. – Quero ter certeza de que sobreviveremos a essa insana manobra. Então você precisa de uma aparência melhor? É uma boa ideia. – Valquíria virou a nave no ar e pressionou um botão no painel de controle, e Bruce, de repente, foi ejetado da nave.

Ele soltou um grito enquanto caía, resistindo desesperadamente ao medo para não se transformar em Hulk. No último segundo, o *Comodoro* estava debaixo dele, as portas abertas. Banner passou por elas e, de alguma maneira, pousou suavemente em uma cadeira almofadada.

– A antigravidade estabilizou a atmosfera interior. É um equipamento impressionante. – Ele ficou satisfeito, tanto pela nave em si quanto pelo fato de ter sobrevivido à queda da nave de Valquíria.

– Excelente. Agora, por favor, você pode examinar o resto para que passemos com segurança? – Thor estava começando a perder a paciência.

Enquanto Bruce examinava os esquemas do veículo espacial, Thor procurou nos céus a nave de Valquíria. E observou como ela se esquivava das naves de guerra e conseguia passar por elas.

Por fim, Bruce fez um movimento com a cabeça.

– Essa coisa deve funcionar. Em teoria.

– Para mim, isso basta. Valquíria, tudo limpo. Prepare-se para embarcar – disse Thor através do comunicador.

– *Um segundo. Ainda tenho uma última conta a acertar* – Valquíria comentou.

Bruce olhou para a parte detrás do *Comodoro* e avistou Loki.

– Ele ainda está com a gente?

– E com um comportamento surpreendentemente bom. Deve estar preocupado com a possibilidade de nosso amigo verde reaparecer e derrubá-lo de novo – Thor respondeu, observando como Valquíria apontava a nave dela diretamente para a do Grão-Mestre. – Louca. Em que está pensando?

Como que para responder à pergunta, os motores propulsores da nave de Valquíria dispararam, acelerando para um curso de colisão direta com o *cockpit* do Grão-Mestre. Thor, horrorizado, observou quando a nave de Valquíria esmagou a do Grão-Mestre em uma bola de fogo de explosão.

– *Não!* – exclamou Thor, uma expressão de choque no rosto. Por que ela se sacrificaria depois de tudo? Em que estaria pensando?

– Espere, olhe. – Bruce apontou.

Uma pequena figura vinha direto na direção deles, virando no ar enquanto descia. Quando se aproximou em alta velocidade, Thor soltou um suspiro de alívio. Valquíria!

Ela aterrissou na superfície do *Comodoro*, de pé.

– Espaço para mais um? – ela brincou. Thor abriu a porta e Valquíria embarcou na nave. – Movimente-se, deus do trovão. Vamos precisar de um verdadeiro piloto. – Assumindo a direção, Valquíria sorriu. – Nasci para voar *neste* tipo de nave. Segurem-se, rapazes. – Ela acelerou os motores até a velocidade máxima.

Atrás deles, seguiam as naves de guerra restantes, disparando, mas Valquíria escapou delas com facilidade. Ela puxou os controles na direção dela, e a nave inclinou-se, começando cada vez mais a subir para a atmosfera. As naves de guerra ficaram para trás, pois nem eram construídas para voos mais altos nem estavam dispostas a seguir o voo do *Comodoro*.

Afinal, ele estava indo para o magnetar.

Conforme eles se aproximavam, os detritos chicoteavam em torno deles em velocidades esmagadoras. Um raio bateu na frente da nave com tempestades maciças que eram fabricadas de todos os lados. Mas a habilidade de Valquíria a fez evitar tudo o que o magnetar arremessava sobre eles.

– Última chance de voltar. Alguém? Talvez ejetem o malvado de volta para lá? – Valquíria disse com uma expressão séria.

– Para onde eu for, ele vai. E precisa mesmo enfrentar o que trouxe para a nossa casa – respondeu Thor.

– Apertem os cintos de segurança, pois isso talvez não seja bonito. – Valquíria olhou para o coração do buraco de minhoca.

Thor e Bruce fecharam os olhos por um momento em mútuo acordo, antes de Thor virar o olhar para a frente, preparado para o que aconteceria.

– Para a glória de Asgard.

O olhar de Valquíria encontrou o de Thor. Ela fez um aceno simples; estava pronta.

Thor encarou o buraco de minhoca e se preparou tanto para o voo em que estavam prestes a embarcar para chegar a Asgard, quanto para a batalha que com certeza enfrentariam quando lá estivessem. Ele sabia que estava pronto. Pronto para Hela. Pronto para a luta.

E, o mais importante, pronto para o trono.

Ele sorriu enquanto Valquíria acionava os propulsores a toda velocidade, e então o *Comodoro* desapareceu no buraco de minhoca.

Thor estava finalmente indo para casa.

THOR RAGNAROK

Uma HISTÓRIA de THOR E HULK

de Steve Behling

PRÓLOGO

ANTES

Batalha de Nova York

Uma força invasora de guerreiros alienígenas chitauris inundou a cidade. A destruição seguiu o rastro deles. Parecia não haver como detê-los. Era isso o que a maioria pensava, inclusive o Conselho Mundial de Segurança. Em um esforço para conter a invasão e acabar com ela antes que se espalhasse pelo mundo, o Conselho estava pronto para dar a ordem: destruir Nova York com um ataque nuclear.

É bem possível que a cidade e o resto do mundo caíssem sob os chitauris. Mas não teria sido por causa da tentativa do Conselho de Segurança Mundial de varrer a cidade de Nova York do mapa. Isso nunca aconteceu. Não, a virada da maré veio de uma equipe de seis indivíduos, conhecidos como Vingadores.

Dois deles estavam, naquele instante, no alto de uma grande besta de chitauri que atravessava os cânions de concreto da cidade. Thor e Hulk lutavam lado a lado, camaradas de armas, desferindo golpe após golpe no chitauri que avançava. Os guerreiros se atiravam sobre os heróis num esforço para acabar de vez com eles.

Mas não funcionou.

Os dois Vingadores lutavam juntos em silêncio. Thor socava o chitauri com seu martelo encantado, Mjolnir. Hulk destruía o chitauri com os enormes e resistentes punhos, ainda que nada encantados. Ambos faziam o trabalho muito bem.

Eles desconheciam os estragos que a besta chitauri poderia causar se escapasse, e não queriam descobri-los. Hulk arrancou um pedaço da proteção metálica do corpo da criatura, suspendeu acima da cabeça e atirou-o para baixo. Ao ver a cena, Thor desviou a atenção dos guerreiros chitauris e dirigiu o martelo para o buraco que Hulk havia feito. Mas ele não estava apenas atacando a besta. Sozinho, o golpe desferido por Thor não teria parado o alienígena.

Não. Foi Mjolnir, convocando um raio do céu, que propiciou um fluxo de energia terminal no gigante imenso.

Um som sobrenatural irrompeu do interior da criatura, que perdeu totalmente o controle. Num momento, estava sobrevoando as ruas de Manhattan. Logo em seguida, seguia em rota de colisão direta com o famoso Grand Central Terminal de Nova York. A besta se destroçou através de concreto sólido, pedra, metal e vidro, deixando a estação em ruínas, até estacionar no meio do terminal de passageiros, naquele momento vazio.

Hulk e Thor montaram na besta chitauri, firmando-a no chão. E venceram.

Cada um esperou um pouco para recuperar o fôlego enquanto os detritos do Grand Central Terminal se empilhavam ao redor deles. Thor examinou a besta derrubada, convencido de que os dois vingadores haviam concluído o trabalho. Então assentiu ligeiramente, como se dissesse: *Nós lutamos bem, meu amigo.*

Hulk golpeou Thor na cabeça.

Era esse o tipo de amizade de ambos.

1

QUANDO VOCÊ PENSA NO HULK, a primeira coisa que vem à sua mente é, provavelmente, um *cara grande, verde e irritado voando no Quinjet dos Vingadores.*

Espere. Isso não é a primeira coisa que lhe vem à mente?

Bem, então você não deve conhecer o Hulk.

Alguns instantes atrás, Hulk estava parado na superfície de um aeroporta-aviões S.H.I.E.L.D. (Superintendência Humana de Intervenções Estratégicas, Logística e Defesa), praticamente, como o nome sugere, um porta-aviões voador. O aeroporta-aviões servia como sede móvel para a S.H.I.E.L.D. Hulk estava a bordo por apenas um momento, o suficiente para depositar Natasha Romanoff, a Viúva Negra, no amplo convés.

Hulk, junto dos demais Vingadores, estivera preso numa luta de vida ou morte contra uma incrível inteligência artificial chamada Ultron. Que Hulk – Bruce Banner, na verdade – participara da criação de Ultron não estava esquecido nem por ele próprio nem por seu alter ego de pele verde. Sem o conhecimento dos demais Vingadores, Banner e Tony Stark trabalharam em segredo para desenvolver um sistema de defesa capaz de proteger a Terra de quase qualquer ameaça, incluindo uma invasão alienígena. Um sistema que, por ironia, provou ser, por si só, uma das maiores ameaças que a Terra já enfrentou.

Para ser sincero, esse era o sonho de Tony Stark: deixar um legado, algo que deixasse todos a salvo.

O segredo para esse sistema de defesa, denominado Ultron, era a inteligência artificial. O segredo para *criar* essa inteligência artificial escapara de Stark e Banner. Mas o sonho parecia estar ao alcance deles quando Stark obteve uma gema estranha tirada de um cetro que pertencente a Loki, irmão adotivo do poderoso Thor. A gema fez acontecer o que parecia impossível: Ultron ganhou vida.

No entanto, como costuma acontecer com os melhores planos, algo deu errado. Quando Ultron despertou para a vida consciente, decidiu que a maior ameaça do planeta era a própria humanidade. E isso foi responsável pela reunião dos poderes de cada Vingador: Hulk, Viúva Negra, Homem de Ferro, Thor, Capitão América e Gavião Arqueiro, mais o auxílio de dois indivíduos superpoderosos, Wanda e Pietro Maximoff, e ainda a ajuda de um humano sintético, sintozoide, conhecido como Visão, para assim deter Ultron e seu vasto exército robótico.

Hulk havia canalizado sua raiva e violência por uma causa justa, mais uma vez salvando as pessoas da Terra de um destino terrível. No entanto, no processo, ele, Banner, percebeu que a Terra também precisava ser salva... de si próprio. Antes da batalha final com Ultron, Hulk foi levado por Wanda a uma fúria terrível. Ela e o irmão se aliaram rapidamente a Ultron, antes de entender o que a inteligência artificial havia planejado para a humanidade. Os poderes de Wanda fizeram Hulk sofrer horríveis alucinações, que o levaram ao limite, e ele estava prestes a se tornar o monstro que alguns realmente acreditavam que ele fosse. Somente Tony Stark, usando um traje anti-Hulk feito da armadura do Homem de Ferro, conseguia detê-lo.

E apenas a Viúva Negra conseguia acalmar Hulk, provocando a incrível transformação de um bruto no cientista introvertido.

Viúva Negra.

Hulk-Banner tinha carinho por ela. Por Natasha Romanoff. Talvez demais. Certamente o bastante para que percebesse que a mulher não estaria segura perto dele. Não enquanto pudesse se transformar de novo numa criatura fora de controle. Quem sabe o que poderia ter acontecido se Stark não estivesse lá para subjugar Hulk? Quem poderia ter sido ferido?

Foi essa triste conclusão que levou Hulk ao seu ato seguinte. Depois de colocar suavemente a Viúva Negra no convés do Aeroporta-aviões, ele se virou e olhou uma última vez nos olhos da amiga. Uma voz dentro dele, a voz de Banner, queria que Hulk demorasse apenas mais um momento, para que ele pudesse ver o rosto da moça um pouco mais.

Mas Hulk sabia que era o momento de partir. Ele olhou para o céu quando um Quinjet vingador pairava sobre sua cabeça.

Os músculos das pernas irradiados por raio gama foram tensionados, depois liberados, lançando o Incrível Hulk como um míssil para cima. Para qualquer olho humano, teria parecido que o homem-monstro estava voando. Para todos os efeitos, estava. Ele se lançou rumo ao Quinjet. Tal era sua velocidade que rapidamente alcançou a aeronave. O compartimento traseiro do Quinjet estava aberto, e Hulk pousou com uma pancada forte, fazendo com que o Quinjet desse uma guinada antes de se reequilibrar.

Hulk grunhiu dentro do Quinjet. Ele não se surpreendeu ao encontrar Ultron nos controles. O robô transferira sua inteligência artificial para outro corpo Ultron e usava o transporte dos próprios Vingadores como meio de fuga.

Depois de ele tentar destruir o Hulk.

Depois de ele tentar destruir os amigos do Hulk.

Isso fez Hulk se irritar.

– Oh, pelo amor de Deus – disse Ultron, a voz robótica cheia de frustração enquanto Hulk pegava aquele corpo de metal. Com outro grunhido e pouco esforço, Hulk lançou Ultron para fora pelo compartimento aberto do Quinjet. O robô, indefeso contra o poder extremo do Hulk, parecia uma mancha inofensiva de poeira enquanto caía através do vazio para seu destino lá embaixo. Hulk não tinha ideia do que aconteceria com Ultron quando ele se chocasse contra a Terra. Ele sabia o seguinte: uma queda de tal altura danificaria o corpo de Ultron sem possibilidade de reparo. Ele também sabia que os Vingadores encontrariam o que restara e acabariam com ele de uma vez por todas.

Hulk inspirou profundamente, inflando seus pulmões de mamute, segurou o ar e depois exalou. Então ouviu uma voz.

A voz dela.

– *Ei, grandão, nós conseguimos.*

Viúva Negra. A voz e o rosto surgiram alto e claro em um monitor do Quinjet. Hulk caminhou lentamente para a frente do veículo, olhando a Viúva Negra enquanto ela falava:

– *O trabalho está acabado* – continuou ela, a voz falhando de emoção. – *Agora, preciso que você dê meia-volta nesse pássaro, ok?*

`Ele poderia ter falado a qualquer momento, até grunhir para avisá-la de que a tinha ouvido. Qualquer coisa para que ela soubesse que ele estava bem, e que iria ouvir e voltar para seu grupo.

Mas isso não estava nas cartas. Não naquele dia. Do interior de Hulk, Banner sabia que precisava fugir. Enquanto ele pudesse transformar-se em um Hulk furioso, ninguém ficaria seguro ao seu redor, menos ainda seus amigos.

– *Não podemos acompanhá-lo no modo invisível* – disse a Viúva Negra, e era verdade. Os Quinjets tinham a capacidade de viajar quase em qualquer lugar sem serem detectados. – *Então, ajude-me.*

Hulk olhou para a imagem da Viúva Negra na tela. A moça parecia cansada da batalha com Ultron. Acima de tudo, parecia preocupada com o amigo. Hulk sentiu isso e estendeu a mão para a tela, como se fosse tocar a mão da mulher.

– *Preciso de v...*

Hulk pressionou suavemente um botão no monitor, interrompendo a Viúva Negra no meio da fala.

Sozinho, sentou-se no chão do Quinjet, cujos motores zuniam, os controles automáticos impulsionando a poderosa nave através da atmosfera superior da Terra para o desconhecido espaço profundo.

2

NÃO SE CAMINHA SIMPLESMENTE NO REINO DO FOGO.

A menos que a pessoa em questão seja o filho de Odin. Nesse caso, simplesmente se *caminha* no Reino do Fogo. Claro, existem consequências decorrentes de uma decisão tão impetuosa.

•••••

– Talvez, se eles chamassem este lugar de Reino do Verão Eterno – murmurou Thor para si mesmo –, recebessem mais visitantes. – Thor sorriu. Ele queria que alguém, qualquer um, estivesse por ali para ouvir o que havia dito. Tinha certeza de que ririam. Afinal, Thor era bastante divertido, se ele mesmo dizia isso.

Mas não havia muitos risos ali no Reino do Fogo. Entre os asgardianos, o lugar era mais conhecido como Muspelheim, um dos Nove Reinos. Era uma terra parecida com nada. Um mundo de chamas eternas sempre ardendo, onde o calor reinava.

Não se encontrava água em lugar algum de Muspelheim; apenas piscinas de lava borbulhantes tracejavam a paisagem rochosa. Os céus cheiravam a enxofre, e minúsculas partículas de cinzas constantemente sopravam nos ventos quentes.

Muspelheim não era um lugar de férias.

Como Thor tinha vindo parar em Muspelheim era... O que as pessoas da Terra gostam de dizer? Era... complicado. Nos últimos anos, o filho de Odin dividia seu tempo entre o reino de Asgard, seu lar, e Midgard, que você talvez conheça como Terra. Nesse mundo,

Thor encontrou um senso de responsabilidade que havia escapado dele em Asgard. A responsabilidade de ajudar as pessoas, aquelas que não poderiam ajudar a si mesmas. Ele também encontrou amizade e camaradagem nos Vingadores.

Não seria tão ruim tê-los como companhia agora, pensou Thor enquanto se arrastava pelo sol abrasador de Muspelheim. Puxou a barba, já bem crescida. Vestia roupas desgastadas, esfarrapadas. O Thor que andava em Muspelheim não era o mesmo Thor refinado que havia se unido aos Vingadores.

Os Vingadores. Havia transcorrido algum tempo desde que Thor lutara ao lado dos companheiros. O último desafio que enfrentaram foi Ultron. O androide tinha uma agenda de extinção que tentara impor na Terra. Ao lado dos companheiros, Thor lutou com um valor condizente a um asgardiano, destruindo de uma vez por todas os planos de Ultron.

No entanto, no meio daquela batalha épica, ele tivera uma visão.

A visão *parecia* ter sido causada por Wanda Maximoff; ela, cujos poderes podiam fazer uma pessoa ter alucinações incrivelmente realistas e perturbadoras. Mas havia algo muito vívido, muito real naquela visão de Thor, algo tão infernal e assustador que o perturbava até sua essência. Ele não poderia acreditar que a visão apenas resultasse de outros poderes alucinógenos.

Nessa visão, Thor vislumbrou uma misteriosa sala cheia de asgardianos, o amigo Heimdall entre eles. Heimdall, o chamado Sentinela dos Mundos, controlava Bifrost, a ponte que permite aos seres viajarem rapidamente de Asgard para os outros Reinos. Thor vira Heimdall nessa visão, mas Heimdall não o vira, pois a Sentinela dos Mundos era cega. Ficou claro que algum destino trágico e terrível se abatera sobre os asgardianos, mas Thor não sabia o que era. Aconteceu que, assim que teve a visão, ela desapareceu, banida para as sombras de sua mente.

Mesmo assim, a visão permaneceu em Thor. Ele se perguntou o significado disso. Não era apenas uma alucinação causada por Wanda. Devia ser um mau presságio, um sinal de que alguma coisa aconteceria. Um vislumbre do futuro de Asgard, um aviso para Thor.

Talvez isso explicasse, em parte, por que Thor havia tomado a decisão possivelmente imprudente de entrar sozinho em Muspelheim. Algo relacionado à visão o levara até aquele lugar. Algo que ele tinha visto em sua memória visual, mas não conseguia mais lembrar. Thor sabia que precisava estar ali, naquele momento. E pelo menos em Muspelheim ele encontraria uma bem-vinda distração. Algo para desviar sua mente daquela visão. E que melhor distração havia lá do que caminhar por um inferno inóspito cheio de demônios de fogo?

Thor ainda tinha de encontrar algum demônio, é claro, mas ele acabara de chegar àquela terra ardente. Os demônios levariam algum tempo para perceber que um asgardiano ousara entrar em Muspelheim. Thor queria uma batalha, e *precisava* dela. Alguma coisa que lhe fizesse focar a atenção no momento presente, permitindo-lhe permanecer nele. Assim, não viu uma alma sequer enquanto se arrastava pelo chão derretido. Ali, ele tinha se esforçado para roubar no Reino do Fogo, e ninguém viera saudá-lo.

– Inacreditável – Thor disse em voz alta, e revirou os olhos.

Então, fez o que qualquer asgardiano que tivesse acabado de aparecer no mundo flamejante de Muspelheim faria.

Ele se apresentou.

Como somente Thor poderia.

Convocando o poder da tempestade por meio do Mjolnir, Thor derrubou o raio do céu para encontrar a terra queimada do Reino do Fogo. Fez isso repetidas vezes, causando múltiplos arcos de pura eletricidade para metralhar o solo.

O som do trovão foi ensurdecedor.

O raio parou. Depois, silêncio.

Entretanto, apenas por um momento.

A distância, ouviam-se os rugidos selvagens dos demônios de fogo. Cada vez mais próximos.

Thor sorriu.

3

— A CABEÇA DE HULK DÓI DEMAIS — murmurou Hulk, infeliz. Ele esfregou o crânio com a grossa mão verde. Mesmo com os olhos fechados, uma luz brilhante lhe queimava as pálpebras.

Essas foram as primeiras palavras que o homem-monstro havia pronunciado em muito tempo. Certamente, foram as primeiras palavras que ele falou desde antes de embarcar no Quinjet e lançar Ultron aos ventos. Antes de ter desligado o comunicador e interrompido a Viúva Negra. Antes que qualquer pessoa na Terra pudesse encontrá-lo. Antes de o Quinjet ter levado Hulk para as profundezas do espaço. Antes...

Hulk abriu devagar os olhos. A luz do sol os atingiu. Rapidamente ele se levantou, ainda segurando a cabeça com a grande mão. Então fez muitas tentativas de caminhar, sempre batendo no chão, até tropeçar em algo que parecia uma velha roda gigante.

Pela primeira vez, Hulk olhou para a paisagem ao redor e viu que estava de pé no que parecia um imenso depósito de lixo. Até onde conseguia ver, os detritos dos buracos de minhoca espalhavam-se por toda parte. Caíam de forma contínua, chovendo lixo do universo por toda a terra desolada.

Onde ele estava? Por que sua cabeça doía tanto? Por que lhe era tão difícil pensar? Afinal, por que o Hulk quer pensar?

Espere.

Hulk não estava no Quinjet? Mas, se Hulk não estava no Quinjet, o que havia acontecido? O veículo se espatifara? O impacto deixara Hulk inconsciente?

Estaria de volta à Terra?

Hulk tentou lembrar, mas isso sempre foi difícil para ele. Lembrar-se das coisas, bem como pensar, era mais compatível com o ritmo de Banner. Mas, em algum lugar dentro do cérebro enevoado do Hulk, havia Banner perguntando, analisando, sempre o cientista.

O buraco de minhocas, Banner pensou.

Ele tinha visto isso através do *cockpit* do Quinjet. Sabia o que era quando apareceu lá no espaço, claro como o dia. Assemelhava-se a um buraco negro, mas cheio de cor. E girava, brilhante, acenando. Banner sabia que era um buraco de minhoca.

Hulk? Ele não fazia a mínima ideia de que aquilo se chamava buraco de minhoca. Era brilhante e colorido, e ele não gostava.

Uma situação lamentável, porque era exatamente para onde o Quinjet tinha ido. O Quinjet explodira através do buraco de minhoca e de alguma forma deixara Hulk ali, naquele lugar estranho e desconhecido.

A cabeça de Hulk ainda doía, e ele estava cansado de Banner, cansado de pensar. O Golias verde se arrastou pela superfície rochosa lotada de lixo. Então, ergueu os olhos para o céu, esperando ver o sol que o despertara tão sem cerimônia. E lá estava um sol. Mas também havia outra coisa.

Uma vasta gama de luzes rodopiando, como buracos no próprio céu.

Buracos de minhoca, Banner pensou na mente de Hulk.

Hulk grunhiu em concordância enquanto observava os buracos de minhoca rodopiando no céu. Um fluxo constante de objetos parecia brotar deles. O gigante verde observou atentamente todos os tipos de detritos escaparem dos confins das luzes girando. Coisas estranhas, asteroides, satélites e mais eram ejetados dos buracos de minhoca, caindo na superfície em rápida sucessão.

– Onde, Hulk? – ele perguntou, o som de sua voz extrapolando as dunas e soando estranhamente alto, mesmo para Hulk.

Banner sabia que ele não estava mais na Terra. Ao contrário de Hulk, ele somou dois e dois e percebeu que o buraco de minhoca era uma singularidade. Uma passagem interestelar, a ligação entre dois lugares diferentes. Um "atalho espacial" entre mundos. O Quinjet, após ter passado pelo buraco de minhoca, devia tê-lo depositado ali. Independente de onde fosse *ali*.

– Tenho um – disse uma voz que vinha de além de um pedaço de detritos de metal. Parecia algum tipo de nave, retorcida e soltando fumaça... Seria o Quinjet? Hulk não tinha certeza. Havia tantas naves parcialmente cobertas naquela terra deserta, que se assemelhava a um cemitério galáctico. – Vou trazê-lo – afirmou a voz.

Hulk ondulou o lábio superior em um sorriso selvagem.

– Ninguém tem Hulk – ele grunhiu, franzindo a testa, e quis dizer isso mesmo.

Então ele a viu. Uma mulher, a cabeça aparecendo sobre os escombros, olhando diretamente para Hulk. Ela vestia armadura, os braços estavam nus, e Hulk viu que a moça trazia tatuagens em ambos os braços e no rosto. A mulher começou a caminhar, e, conforme se aproximava, Hulk percebeu que ela usava nas mãos algo que parecia complicadas soqueiras.

Armas.

Armas significavam luta.

E de lutas Hulk entendia. Um rugido desumano escapou da boca dele quando se encaminhou para a mulher. Erguendo o punho direito, o Golias o baixou no local onde a moça estava parada.

Ela não vacilou quando o punho do Hulk atingiu diretamente o chão adiante. Era como se esperasse aquilo mesmo, e então permaneceu no lugar. O ímpeto de Hulk o fez bater no chão, rolando ao contrário.

O movimento o irritou.

– Lute! – gritou ele.

A mulher começou a caminhar de novo, segurando um dispositivo na mão direita.

– A luta está certa – disse ela. – Você está aqui para lutar. O Grão-Mestre irá certificar-se disso. – A moça avançou para Hulk, e o homem-monstro agitou ambos os punhos de raiva.

– Deixe Hulk sozinho – gritou ele, e quis dizer isso mesmo.

– Oh, você vai se sair muito bem – disse a mulher. – Ele me pagará generosamente pelo que vou fazer.

Hulk estava ficando mais louco a cada segundo, como se em algum lugar lá no fundo dele Banner fizesse perguntas. Indagações como: *Quem é o Grão-Mestre? Quem é esta mulher? O que é aquilo na mão direita dela?* Mas Hulk tinha um jeito de conseguir que Banner calasse a boca e deixasse de pensar e de fazer tantas perguntas.

O gigante de jade bateu as enormes mãos juntas e esperou que a onda de choque formada levasse a mulher para longe. Mas isso não aconteceu. Ela não se moveu um milímetro sequer. Quem quer que fosse, tinha força incrível.

Isso tanto impressionou Hulk quanto o deixou *realmente* bravo.

Ele ajeitou as mãos para um soco na mulher, que se abaixou com facilidade. Hulk cambaleou, perdendo o equilíbrio.

Virando-se, viu a mulher acenando o dispositivo na frente do rosto dele. Já fazia algum tempo que Banner tinha percebido o que estava acontecendo: a mulher estava jogando algum tipo de jogo. E usava a ira de Hulk contra ele próprio, deixando-o tão louco que ele continuava escorregando. Estava irritando-o.

Então, quando a mulher acenou de novo o dispositivo no rosto do Hulk, ele teve a certeza de que havia compreendido.

Não se moveu. Apenas firmou os pés pesados na areia quente e não fez nada enquanto zombava da inimiga, desafiando-a a fazer algo.

E ela prontamente fez.

Ativou o dispositivo e disparou alguma coisa no pescoço de Hulk. Um momento depois, os músculos dele ficaram tensos, os dentes começaram a ranger incontrolavelmente, e a pior dor que já havia sentido percorreu-lhe as veias como veneno.

E então tudo ficou escuro.

4

– VOCÊ SE ATREVE A ENTRAR EM MUSPELHEIM, ASGARDIANO?

O sorriso de Thor se alargou. O ar ao redor estava espesso de cinzas quando a primeira onda de demônios de fogo desceu, e o filho de Odin não poderia ter ficado mais satisfeito. Thor manteve a posição, as pernas preparadas, brandindo Mjolnir diante dele. Mjolnir, que o acompanhara em inúmeras batalhas em inúmeros mundos contra inúmeros inimigos.

A voz do demônio de fogo estalou com o som de um inferno:

– Nenhum de sua espécie é bem-vindo em nosso reino, asgardiano.

– Pode ser, mas eu estava na área e pensei que poderia dar uma paradinha para uma visita – Thor retrucou de modo casual.

Os demônios de fogo se entreolharam, sem saber como reagir. O humor não era uma mercadoria conhecida em Muspelheim. Devia ter sumido na fumaça, junto com todo o resto no Reino do Fogo.

Finalmente, o demônio do fogo falou:

– Fique mais um instante e enfrente a morte. A sua.

– Não neste dia – Thor rebateu. E segurou Mjolnir com mais firmeza.

E, então, os demônios de fogo estavam sobre ele.

Uma batalha começa com um único golpe. Nesse caso, não foi Thor quem fez verter o primeiro sangue, mas os demônios de fogo.

Um único demônio se lançou e agarrou com a mão flamejante o braço esquerdo de Thor. O herói soltou um arfar de dor quando o toque do demônio de fogo lhe queimou a carne. Um golpe certeiro de Mjolnir arrancou o demônio de fogo do braço de Thor, que colocou a mão sobre a queimadura, esfregando-a. Cerrou os dentes. *Isso*, ele pensou, *não pode acontecer de novo.*

Thor olhou para o chão ardente, concentrando--se no demônio de fogo que acabara de atacar. Quando levantou os olhos, viu mais demônios flamejantes prontos para atacar. Olhando para o horizonte, vislumbrou demônios de fogo até onde a vista conseguia alcançar.

Como tinha feito tantas vezes antes, Thor começou a girar o martelo ao redor da cabeça o mais rápido possível. O giro manteve os demônios de fogo afastados, mas essa não era a sua verdadeira intenção. Ele continuou girando o martelo cada vez mais rápido, aumentando a velocidade, até que enfim o lançou.

Como uma flecha, Mjolnir voou direto e certeiro, derrubando um demônio de fogo após o outro, enquanto se afastava bem longe de Thor. Os demônios golpeados conheceram a derrota naquele dia. Mas os outros demônios foram suficientemente estúpidos para ver Thor temporariamente privado do martelo e achar que ele seria uma presa fácil.

Os demônios de fogo podem ser mesmo muito estúpidos.

Um momento depois, Mjolnir voltou para a mão de Thor. Ao longo do caminho, eliminou inúmeros demônios. Thor recuperou o martelo encantado e olhou para o mar de fogo diante de si.

Calma, pensou ele. *Você vai ficar aqui por algum tempo.*

◇◇

No calor da batalha, é normal perder a noção das coisas. Após a escaramuça com o fogo, iniciada pelos demônios, Thor perdeu a noção de quanto tempo havia se passado desde que entrara em Muspelheim.

E quantos demônios de fogo ele havia enfrentado. Uma hora? Um dia? Cinquenta demônios? Cem? Mais?

Leva após leva de hordas incendiárias vieram sobre Thor enquanto ele avançava lentamente pela superfície derretida do Reino de Fogo. Cada passo o levava mais para perto. Mais perto de ganhar a atenção de quem Thor tinha vindo ver, pois para ele os demônios de fogo significavam mera diversão.

Mjolnir estava na mão direita de Thor, que deixou o martelo escorregar, agarrando-o pela alça de couro que ficava presa ao cabo. Estendeu a mão esquerda, afastando os demônios de fogo, enquanto eles continuavam a avançar em massa. Thor deu um giro no martelo com uma força incrível, depois largou a alça. Mjolnir voou, colidindo com uma fileira de pelo menos cinquenta demônios de fogo. O martelo os atingiu com força, arremessando-os como se fossem formigas insignificantes.

Nem bem o martelo saiu da mão do mestre e já estava de volta. Thor segurou Mjolnir na mão direita e examinou seu trabalho, assentindo ligeiramente com a cabeça.

– Realmente gostaria de ver Hulk fazer melhor – vangloriou-se.

5

HULK ESTAVA COM RAIVA, ATÉ MESMO PELOS PADRÕES DELE.

A coisa que o havia atingido no pescoço, independentemente do que fosse, doía. Realmente o *machucara*.

Ele não estava acostumado com dor, e não estava acostumado a ser espancado.

Então: muita raiva.

– Todo o corpo de Hulk dói – disse ele.

Depois da terrível dor, Hulk sentiu outra coisa que nunca sentira antes: estava paralisado. Não conseguia se mover. Ele continuou dizendo às pernas gigantescas que se movimentassem, para que pudesse golpear, mas elas não queriam ouvi-lo. E, quando a mulher amarrou alguns óculos de aparência maluca sobre a cabeça dele, Hulk nada fez para evitar o gesto. Com os óculos, também não conseguiu ver mais nada.

Enquanto a mulher o conduzia a bordo de algum tipo de veículo, ele ouviu uma voz através do sistema de comunicação, que chamou a mulher de Cata-Sobra 142.

Então, era dela que Hulk sentia raiva.

Furioso, Hulk grunhiu quando sentiu que os óculos estavam sendo removidos. Ele enxergava de novo. Assim, levou a mão aos olhos.

E também conseguia se mexer.

Hulk olhou em volta. Já não estava no terreno baldio com detrito espacial ao redor e os buracos de minhoca rodopiando no céu. Cata-Sobra 142, a garota irritada que, de algum modo, e contra todas as probabilidades, subjugou-o, havia sumido de vista. E ele já não estava lá fora, mas dentro do que poderia ser descrito como um ringue.

Um ringue de luta.

Hulk esfregou os olhos, tentando clarear a visão. Outros cinco estavam no ringue com ele.

E não eram humanos.

Então, novamente, o Hulk era de fato humano? Em algum lugar dentro dele, Banner se perguntou.

– Bem-vindo a Sakaar, meu amigo – falou uma voz surgindo do nada, em tom alto e amigável, mas Hulk a odiou. – Vamos ver se você representará uma aquisição digna para meu Torneio de Campeões.

Hulk grunhiu. Dentro de si, Banner teve dúvidas: *O que é Sakaar? É esse o nome do lugar? Um planeta?*

Os outros cinco seres no ringue eram tão grandes e imponentes quanto Hulk. Alguns tinham braços múltiplos; outros, pernas múltiplas, e todos pareciam prontos para uma luta.

– Não amigo de Hulk – murmurou o gigante verde.

– Oh, venha agora – disse a voz desencarnada. – Sou amigo de todos. Pergunte a eles! Bem, nem de todos. Mas não vamos nos preocupar com isso. Que tal uma batalha? Aposto que você é muito bom quando se trata de lutar. Parece feito sob medida para isso.

Então, é isso que está acontecendo aqui, pensou Banner na mente do Hulk. *Suponho que deva lutar com esses... seres. É algum tipo de jogo.*

Hulk zombou mais uma vez, o lábio ondulando no que parecia um sorriso. Ele sabia como ganhar um jogo que envolvesse luta.

– Que tipo de criatura é essa? – gritou um alienígena de quatro braços enquanto pousava de frente, primeiro no chão. Um segundo depois, um pesado pé verde pisou nas costas do alienígena, que berrou de dor. – Onde você encontrou isso?!

A partir do momento em que as opções para a batalha se posicionaram, Hulk se sentiu bem confortável. Dizer que ele se equiparava aos outros ou que a competição estava ainda que remotamente com resultado concluído seria uma grande mentira. Hulk poderia derrotar os concorrentes. Embora cada um tivesse aproximadamente o tamanho dele (ou até fosse maior), e cada um possuísse força incrível, Hulk era melhor, mais forte.

O mais forte de todos, ele pensou.

O gigante verde era como uma criança numa loja de doces: ele mal sabia quem ali seria o próximo adversário. Parecia muito fácil vencer todos eles! Então, um animal de mais de dois metros de altura, um alienígena, rosnou para Hulk, a baba espessa gotejando das presas. Esse era o convite de que Hulk precisava.

O Golias de pele verde socou um punho fechado na barriga do animal, derrubando-o no chão. A besta, retorcendo-se de dor, cuspiu palavras numa língua que Hulk nunca ouvira antes. Aquilo soou como uma maldição para Hulk, que não gostou. Então ele ergueu a criatura e atirou-a diretamente em um dos outros adversários.

A besta colidiu com uma criatura de seis pernas, semelhante a um inseto, e ambas desabaram para a contagem.

– Luta – comandou Hulk enquanto olhava para os adversários restantes. No calor da batalha, Banner pensou: *Hulk está gostando disso. Ele realmente está gostando.*

– Luta! – grunhiu Hulk de novo.

Como se em resposta, uma amorfa bolha laranja gotejou por trás de Hulk, cobrindo-o num instante. Surpreso, ele se viu envolto por uma coisa viscosa, incapaz de respirar. Tentou dar um soco para sair, mas a bolha laranja esticou-se com o punho de Hulk e depois retrocedeu. Agarrada com firmeza ao gigante verde, a coisa não o soltava.

Tudo isso irritou *realmente* Hulk.

E então ele bateu no chão com ambos os punhos. A onda de choque resultante causou a vibração do ringue. Ainda assim, a bolha laranja segurou firme. Então Hulk bateu de novo no chão. E de novo. E de novo. O cômodo inteiro estava balançando, e, lentamente, também a bolha laranja. As vibrações dos golpes estrondosos de Hulk começaram a causar fissuras na bolha, e então ele conseguiu respirar. Empurrou os dois braços para trás o mais rápido que pôde. Hulk tirou do corpo a bolha laranja. A criatura pousou com um forte *THWUCK*.

Hulk deu um soco nela, e a bolha salpicou uma centena de bolhas bem pequenas e inertes.

A criatura de pele escamosa era a única que restava. Por sua vez, ela parecia quase relutante em lutar; havia visto o adversário e talvez tivesse decidido que a luta não valia o esforço para ficar esmagada. Mas não houve nada que a criatura pudesse fazer enquanto Hulk corria diretamente para ela, os punhos derrubando o lagarto que parecia meio fora de si. Escamas borrifaram o ar quando Hulk derrubou de novo a criatura. O alienígena desmoronou, transformando-se num monte no chão.

Tempo decorrido desde o início da batalha de Hulk até a vitória sobre cinco concorrentes alienígenas: dois minutos, dez segundos.

Hulk virou a cabeça da esquerda para a direita, olhando os adversários caídos. Todos vivos, e todos balançando a cabeça, perguntando o quê, ou, mais precisamente, quem tinha acabado com eles.

Hulk ainda desejava ter alguém em quem desferir um murro.

Então, um som. Algo inesperado que chamou a atenção de Hulk. Eram... aplausos. Aplausos dentro do ringue. Hulk levantou a cabeça, olhando ao redor. Saindo da escuridão, um ser alto e vestido de modo extravagante deu um passo à frente. Ele sorriu para Hulk enquanto continuava a aplaudi-lo com mãos elegantes e delgadas.

– Magistral, absolutamente magistral – balbuciou com entusiasmo. – De verdade. Você vai acrescentar bastante ao meu Torneio de Campeões. Na verdade, acho que poderá até ser *o* Campeão um dia. Talvez meu Campeão mais precioso.

Hulk bufou.

– Quem? – perguntou. A pergunta veio dele ou de Banner? Ele não sabia.

– Ah, sim, onde estão meus modos? – disse o ser em resposta. Ele tinha uma faixa azul que corria do lábio até o queixo. Colocando a mão esquerda no peito, ele se apresentou: – Sou o Grão-Mestre. E você é...

– Indo embora – falou Hulk, e começou a se afastar do Grão-Mestre. Ele não viu de imediato uma porta, mas em algum lugar precisava haver uma.

– Não faria isso se eu fosse você – retrucou o Grão-Mestre num tom de voz desprovido de ameaça. Na verdade, parecia bem preocupado.

Hulk deu mais um passo antes que seu mundo fosse invadido por uma dor intensa que só sentira uma vez antes, na terra desolada. Era como se a dor de cada transformação que experimentava toda vez que passava de Banner para Hulk e vice-versa fosse compactada e destilada naquele momento. Hulk desabou no chão, contorcendo-se.

– Veja só: eu lhe disse para não fazer isso, e então aconteceu – comentou o Grão-Mestre. – Você está usando um disco de obediência agora, meu amigo. Eu queria que não fosse necessário, mas, bem, você pode ver como é.

Conforme a dor começou a diminuir, Hulk colocou a grande mão verde na lateral do pescoço. Devia ser a mesma coisa que Cata-Sobra 142 havia usado para subjugá-lo naquele outro lugar. Em todo o caos que ocorreu depois, ele não tinha percebido nada ligado a seu corpo. Bem, mas naquele momento notou o pequeno e circular dispositivo mecânico atado ao pescoço. *É desse jeito que eles vão nos controlar*, Banner pensou dentro de Hulk, que, por sua vez, não queria pensar.

Hulk queria esmagar.

Ele agarrou o disco de obediência e, então, recebeu outro terrível choque de dor.

– Oh, ora, ora, não o agarre – disse o Grão-Mestre. – Nunca o agarre, pois também será bastante doloroso. – Ele não estava exultante. Em vez disso, parecia mesmo preocupado com o bem-estar do Hulk. – É melhor que o deixe no lugar e ouça. Acho que temos um excelente negócio para lhe oferecer, e você com certeza tem um excelente negócio para nos oferecer. Oferecer a mim, quero dizer. Parece que você gosta de quebrar coisas, não é?

As palavras chamaram a atenção de Hulk, que olhou para o Grão-Mestre e inclinou um pouco a cabeça.

– Ah, sim, presumi isso. Então, definitivamente gostará daqui. Posso oferecer-lhe uma oportunidade quase ilimitada de quebrar. Em troca, você luta diante de multidões extasiadas. Todos o amarão. E como não o amar? Você é grande, você é verde, você esmaga coisas. O que me diz? Fique aqui, lute por mim no planeta Sakaar e seja aclamado como um verdadeiro Campeão.

Espere. O quê? O que está acontecendo aqui? Banner pensou. Mas Hulk não queria pensar. Gostando do que ouviu, ele respondeu:

– Hulk fica... Por enquanto.

6

A LUTA CONTINUOU POR HORAS. Thor, enfrentando o que deviam ser exércitos e mais exércitos de demônios de fogo, abria caminho através de um campo de batalha permanentemente abrasador. Os confrontos serviam ao seu propósito, pois Thor com certeza se desligara de suas visões perturbadoras.

As visões. Algo que ele havia vislumbrado naquelas visões inquietantes o levara para aquele lugar infernal.

– Venha até mim, covarde! – Thor gritou, os pulmões queimando enquanto inalava o ar escaldante de Muspelheim. Outra onda de demônios de fogo se atirou sobre o filho de Odin. Parecia que ele poderia ficar naquela situação o dia todo, um pensamento que o lembrou de seu colega vingador, o Capitão América. Havia algo que o supersoldado gostava de dizer quando as coisas estavam mais sombrias e talvez ele perdesse a luta: *Posso fazer isso o dia todo.* Thor sorriu conforme continuava a afastar demônios de fogo.

– Você está louco, asgardiano? – Um demônio do fogo gritou para Thor. – Mesmo que nos derrote a todos, ganhará a ira eterna de Surtur! Ele vai arrancar a carne de seus ossos enquanto se contorce em agonia!

As palavras atingiram Thor como um raio do poderoso Mjolnir.

Não a ameaça do demônio do fogo. Isso não incomodava o filho de Odin. Não, foi o nome que o demônio havia mencionado que despertou a lembrança em Thor.

Surtur.

O governante absoluto de Muspelheim.

Em meio à batalha, Thor naquele momento lembrou por que havia vindo a Muspelheim. Lembrou-se de uma figura que vislumbrara nas visões, alguém... *algo* que estava sentado no meio deles.

Surtur.

Thor sorriu mais uma vez, erguendo-se ereto, como um rei, e gritou:

– Eu gostaria de ter uma palavra com seu mestre! Diga a Surtur que vim por ele! Ele não vai me enfrentar? Ou seu senhor e mestre tem medo de um asgardiano? – Thor não sabia se a ofensa que lançara podia ser ouvida acima do barulho dos demônios de fogo e das chamas de Muspelheim.

Então, decidiu chamar a atenção de Surtur.

Elevando Mjolnir em direção aos céus, Thor voltou a canalizar o poder da tempestade e pediu à natureza para atender a seu pedido. O céu retumbou com trovões, e os raios caíram em cascata das nuvens, parecendo atingir o chão em todos os lugares. Os demônios de fogo, abalados pela eletricidade, agitaram-se, incapazes de detê-lo, incapazes de fazer qualquer coisa exceto sucumbir ao ataque implacável do asgardiano.

Então o impossível aconteceu. Alguma coisa que nunca antes havia ocorrido em Muspelheim. Alguma coisa que Surtur jamais poderia ter previsto.

Começou a chover.

No Reino do Fogo.

Um aguaceiro torrencial, conjurado por Thor.

As gotas de chuva atingiam o chão com tanta força que machucavam até mesmo o corpo de Thor.

Implacável, a tempestade castigava o terreno áspero de Muspelheim. Grandes nuvens de vapor se formaram, tornando quase impossível a Thor ver os inimigos ou qualquer outra coisa.

E, então, os gritos.

Os gritos dos demônios de fogo experimentando uma agonia que nunca sentiram antes. A agonia de uma chuva sem fim consumia aqueles corpos ardentes.

Mais uma vez, Thor gritou:

– Digam a Surtur que vim por ele!

7

— **VOCÊ SERÁ O PRÓXIMO A SER PREPARADO. SIGA-ME.**

Hulk ouviu a voz e atravessou o corredor pouco iluminado até chegar a um grande cômodo. Em todas as paredes, até onde ele podia ver, havia armas. Armaduras. Todos os tipos, todas as formas, todos os tamanhos: machados, lanças, martelos, foices e clavas, bastões e escudos e assim por diante. Alguns pareciam familiares para Hulk, bem parecidos com os armamentos terrestres. Outros lhe eram completamente estranhos; na verdade, eles provavelmente eram mesmo estranhos. Hulk pensou reconhecer algumas armas que os chitauris tinham usado na tentativa de invadir Nova York.

O lugar seria aquele?

Como em resposta, um alienígena fortão vestindo um avental de couro cumprimentou o gigante de jade. Ele olhou para Hulk. Olhou para Hulk. E fez isso de novo.

Lave, enxágue, repita.

– Estou aqui para armá-lo para a próxima competição – disse o alienígena no avental de couro.

Hulk grunhiu.

– Algo me diz que você não precisa de uma arma.

Hulk fez um movimento de cabeça, concordando.

– Hulk é arma.

– Tenho certeza. Ainda assim, pegue isso – disse o alienígena no avental de couro, segurando um enorme machado de batalha. O machado tinha duas lâminas: de um lado, uma pequena terminava numa ponta afiada; do outro, havia uma lâmina muito maior com dentes irregulares. O alienígena tentou empurrá-lo para as mãos de Hulk.

O Golias verde não fez nenhum esforço para levantar as mãos e pegar o machado.

– Hulk é arma – repetiu ele.

O alienígena apenas revirou os olhos e pressionou um botão no dispositivo que estava carregando.

Pela terceira vez naquele dia, Hulk aprendeu o que significava usar um disco de obediência. Se ele fosse o mais forte ali, então aquela era a pior dor que havia.

O disco de obediência estalou enquanto Hulk rugia agoniado. Mas, assim como começou, a dor parou.

– Pegue isso – disse o alienígena, apontando para o machado de batalha nas mãos dele.

Hulk respirou fundo e pegou o machado. E então grunhiu, zombando do alienígena.

Mantenha-se calmo, pensou Banner dentro do Hulk.

Não quero manter a calma, pensou Hulk. *Quero lutar.*

– Vi esse olhar antes cem vezes – disse uma voz enquanto Hulk ouvia alguém entrar na sala. – Mil vezes. Provavelmente mais do que isso. Você quer destroçar. Guarde essa vontade. Use-a na batalha que está por vir.

Hulk grunhiu quando viu uma mulher caminhando na direção dele. Uma mulher com braços tatuados, usando armadura.

A garota com raiva. Aquela que chamaram de Cata-Sobra 142.

– O grande mestre tem muita fé em você – disse ela. – Está apostando que poderá se tornar o novo Campeão.

Hulk olhou para a Cata-Sobra 142.

– Por que Garota Brava aqui? – perguntou ele, voltando a atenção para o machado de batalha que não queria pegar, mas estava sendo forçado a fazê-lo.

A Cata-Sobra 142 sorriu por causa do apelido.

– Também acho que você tem o jeito de um Campeão – retrucou ela. – Achei que você deveria saber disso antes de entrar na arena.

E, então, a mulher se virou e saiu.

8

TÃO RAPIDAMENTE QUANTO THOR trouxe as chuvas torrenciais, castigando Muspelheim, ele as baniu. Sob seu comando, e por meio da vontade de Mjolnir, as chuvas cessaram e os gritos dos demônios de fogo diminuíram.

Por um breve instante, nenhum demônio ousou atacar o filho de Odin. Sobretudo quando perceberam o poder que ele exercia, e poderia exercer mais uma vez, se assim desejasse.

Então Thor disse, pela última vez e com muita calma:

– Surtur. Levem-me para ele.

Os demônios de fogo silenciaram, desconfiados do asgardiano, e o observaram com suspeição. Provavelmente perceberam que aquele jogo anterior com Thor se revelara inútil.

E agora eles devem estar se comunicando com seu mestre, ele pensou, satisfeito.

De repente, Thor foi atingido por outra horrível visão. Fechou os olhos contra as imagens intrusivas, não querendo mostrar-se fraco diante dos demônios de fogo. Thor sabia, no mais íntimo de seu ser, que as visões eram um presságio, um anúncio de coisas por vir. Logo saberia mais sobre a visão. E o papel de Surtur nela.

Mas por quê? O que o senhor deste reino fazia naquelas horríveis visões que o atormentavam tanto?

Thor respirou aliviado, a visão lentamente desaparecendo. Continuou abalado, mas ereto. Ele desconhecia o significado das visões. Mas teria respostas. E só Surtur poderia fornecê-las.

O que aconteceu a seguir, apesar de previsível, foi totalmente inesperado.

O previsível: os demônios de fogo tinham, de fato, se comunicado com Surtur; ou melhor, Surtur havia se comunicado com os demônios de fogo, exigindo que o filho de Odin fosse levado à presença dele.

Claro, Thor sabia que não seria recebido como "enviado especial" de Asgard, com todos os confortos de um diplomata. Não depois da maneira como entrara em Muspelheim. Não depois das batalhas e dos demônios de fogo derrotados. Não depois da chuva torrencial. Não. A única maneira de ver Surtur seria como prisioneiro.

O totalmente inesperado: era exatamente isso que Thor desejava.

– Você pertence a Surtur agora – crepitou um demônio de fogo, que acenou para que Thor avançasse. – Ele irá conceder-lhe uma audiência. Mas será mantido prisioneiro pelo resto da vida.

Thor assentiu.

– Então devo acompanhá-lo em silêncio. Você tem algemas, ou...? – Ele estendeu os braços, oferecendo os punhos para os demônios de fogo, como se eles fossem a polícia, e ele, um ladrão comum.

As criaturas olharam para Thor, depois se entreolharam, sem entender. Provavelmente, Thor pensou curtindo sua brincadeira, algemas não eram um artigo padrão em Muspelheim.

– O martelo – disse um demônio de fogo, gesticulando para Mjolnir. – Entregue o martelo.

– Sim, um homem armado não pode ver Surtur. – Thor se ajoelhou e colocou Mjolnir no chão. – Vou vê-lo em breve – disse para o martelo encantado, dando nele um tapinha suave como se fosse um precioso animal de estimação.

Quando Thor começou a andar atrás dos demônios de fogo a caminho de Surtur, e também de seu destino, ouviu uma agitação atrás que o fez virar a cabeça para olhar. Uma série de demônios de fogo havia corrido para Mjolnir e tentava, um depois do outro, erguer o martelo. Eles lutavam e puxavam, puxavam e falhavam em seus esforços.

Na verdade, apenas alguém verdadeiramente digno poderia levantar Mjolnir. Era exatamente isso o que Thor queria.

Enquanto percorria o solo abrasador, cercado por demônios silenciosos e flamejantes por todos os lados, Thor teve muito tempo para pensar. Como não estava pensando em Surtur e na visão, pensou em sua vida, e no que estava fazendo com ela. Desde que chegara a Midgard e fizera amigos naquele mundo, ele era um vingador, herdeiro do trono asgardiano e protetor dos Nove Reinos. Às vezes, era o filho obediente de Odin, ajudando os conterrâneos asgardianos em suas provações e atribulações. O irmão adotivo, Loki, observou que havia muitos problemas. Loki, o Trapaceiro. Mestre nas mentiras e ilusões. Quantos problemas ele já causara para Thor, para sua família e seus amigos?

Loki fora o catalisador que havia reunido os Vingadores pela primeira vez, conforme Thor recordou.

Os Vingadores. Mais e mais, Thor passava seu tempo na Terra com os Vingadores. Os problemas deles tornaram-se seus problemas. As batalhas deles, suas batalhas. As vitórias deles, suas vitórias.

O grupo... sua amizade... significavam mais para ele do que poderiam imaginar.

Entretanto...

Thor sentiu outra coisa. Não foi um sentimento ao qual ele estivesse acostumado, e não foi um que ele necessariamente gostaria de sentir. Sentimento de culpa. Sentiu-se culpado. Culpado pelo tempo que passou longe de Asgard e de seus irmãos. Como herdeiro legítimo do trono de Asgard, não deveria ter estado ao lado do pai, em vez de lutar ao lado do povo de Midgard?

O que pensaria Odin? Seriam as ausências cada vez mais frequentes de Thor a causa das terríveis visões?

Então, limpou o suor da sobrancelha e continuou a longa marcha para ver Surtur. Thor jurou que ainda encontraria as respostas.

9

HULK NÃO PODIA ACREDITAR NO QUE VIA.

Lá estava ele, encalhado num mundo alienígena, Sakaar, parado no meio de uma enorme arena. Maior do que qualquer estádio que já havia visto na Terra. Quando virou a cabeça e olhou em volta, viu um mar interminável de seres sentados em fileiras sobre fileiras de assentos. Havia alguns seres humanos espalhados entre a multidão (pelo menos, pareciam seres humanos), mas viu, sobretudo, rostos que claramente pertenciam a seres dos mais distantes lugares do espaço. E todos estavam torcendo. Sentiam fome. Fome de entretenimento.

E, no meio de tudo, parado, estava o Incrível Hulk.

Ao levantar a cabeça e olhar para o céu, Hulk viu enormes naves espaciais que pareciam pairar diretamente sobre a arena. Acima disso, é claro, estavam os onipresentes buracos de minhoca, brilhantes, rodopiando, ejetando detritos no horizonte distante.

E então havia o alienígena de dezoito metros de altura trajando vestes elegantes de pé na frente dele. A cena confundiu Hulk. Como o Grão-Mestre se tornara tão grande? Do lado de dentro, Banner percebeu que aquilo devia ser algum tipo de projeção, uma maneira de o Grão-Mestre se comunicar com a imensa multidão e fazer impor sua vontade.

Hulk simplesmente se perguntou por que ele era tão grande.

– Amigos! – falou o Grão-Mestre, e a multidão se animou ainda mais, as vozes como se fossem apenas uma rugindo nos ouvidos de Hulk. – Temos um novo integrante para o nosso Torneio de Campeões! O Hulk... da Terra!

Mais uma vez, a multidão rugiu.

O que é isso? Banner, dentro do Hulk, pensou.

– Será ele capaz de derrotar – o Grão-Mestre fez uma pausa para efeito dramático – nosso Campeão de Chitauri Prime?

E então Hulk o viu. Uma criatura corpulenta, esfarrapada, parecendo um ciborgue, segurando dois bastões compridos. Era tranquilamente do mesmo tamanho do Hulk. Ao entrar na arena, a criatura manipulou os bastões em círculos largos. Estava dando um show para a multidão, e todos adoraram. Os gritos aumentaram.

Hulk não se distraiu com os gritos. Ele olhava para o adversário.

Naquele momento, Hulk *realmente* queria esmagar.

Um rugido encorajador surgiu da multidão quando o chitauri aplicou outro golpe contra Hulk.

Ele apertou os dentes e levantou-se novamente, com um pulo, do chão onde havia caído. O ruído que veio da multidão teria silenciado um humano comum. Mas Hulk não era um humano comum. Seu corpo gama irradiado era um testemunho disso. O Golias verde podia dizer para quem as pessoas estavam torcendo, e não era para ele. O alienígena chitauri que ele enfrentava devia ser o favorito, pois a multidão ficava louca cada vez que Hulk era atingido com um dos bastões.

E, surpreendentemente, isso estava acontecendo com mais frequência do que Hulk gostaria.

Sempre que o chitauri acertava um golpe mais fraco, os bastões davam choque e enviavam impulsos de pura agonia através do sistema nervoso de Hulk. Parecidos com os do disco de obediência, apenas um pouco menos dolorosos.

Hulk odiava os bastões.

E odiava ainda mais o chitauri.

Se ele pudesse simplesmente tirar os bastões do chitauri, então o esmagaria, e isso seria o fim.

BUM! O chitauri atingiu Hulk direto no plexo solar, colocando novamente o gigante de jade de joelhos. A multidão foi à loucura.

Hulk lutou para se levantar e, mais uma vez, encarou o inimigo.

Preciso ser esperto, pensou Banner.

Preciso esmagar, pensou Hulk.

Hulk rugiu, um som que, por uma fração de segundo, superou o barulho da multidão, e o choque fez com que o público estridente ficasse por um momento em silêncio. Então, ele brandiu seu machado de guerra com ambas as mãos. E, em seguida, fez algo inesperado: quebrou o machado em dois e jogou os pedaços fora. O machado não o estava levando a nada. Ele não gostava de usá-lo quando podia usar os punhos.

O guerreiro chitauri viu o gesto como uma oportunidade. Assim, correu para Hulk, girando um bastão em cada mão. Quando avançou, Hulk bateu as mãos maciças. A força resultante pegou o guerreiro chitauri desprevenido e o jogou para trás. Antes que soubesse o que estava acontecendo, o adversário estava de costas na arena, com Hulk erguendo-se sobre ele. E depois sobre ele. Agarrando os dois bastões, jogou-os para cima.

Eles não desceram.

Pelo menos, não em algum lugar perto da arena.

Então Hulk pegou e jogou *o guerreiro chitauri* para cima.

Ele também não desceu.

Hulk deu um giro, olhando a multidão, grunhindo. A massa permaneceu em silêncio.

– Fantástico – disse uma voz forte que encheu a arena. – Fantástico! O vencedor é... Hulk, da Terra!

Então, os gritos começaram mais uma vez. Lentamente, no início. Depois, aumentaram e aumentaram enquanto as pessoas de toda a arena se levantavam aplaudindo o novo herói da luta.

Hulk percebeu que a multidão estava gritando para ele.

Não para Banner.

Para Hulk.

O homem-monstro sentiu algo dentro de si, algo que nunca sentira antes. Sentiu, finalmente, como se pertencesse àquele lugar. Hulk sorriu.

Enfim estava em casa.

EPÍLOGO

ANTES

Antes de Ultron

Antes de Sakaar, antes de Muspelheim

Antes do exílio autoimposto de Hulk

Era noite, e os Vingadores se reuniram na Torre Stark. Não havia nada oficial naquela noite, nenhum mundo que precisasse ser salvo. Portanto, a reunião era apenas a oportunidade de compartilharem uma refeição e a companhia um do outro. Enquanto todos se reuniam, Thor olhava por uma janela que emergia grande sobre a cidade de Nova York.

– Não é Asgard, mas ainda assim é impressionante, certo?

Thor virou a cabeça para ver Bruce Banner ao lado dele. O cientista sorriu calorosamente, e Thor retribuiu.

– Muito mesmo. É tão linda à sua própria maneira – Thor retrucou. Então, voltou para a janela e depois olhou mais uma vez para Banner. – Você sabe, Banner, há uma coisa que eu queria lhe pedir desde a Batalha de Nova York.

Banner tomou um longo gole da garrafa de água que ele segurava.

– O que tem em mente?

– Não tenho certeza do que se lembra do seu tempo como Hulk. Estávamos lutando contra os chitauri, você e eu. Montados nas costas de uma grande besta voadora.

Banner olhou para cima, como se estivesse vasculhando a memória.

– Vagamente...

– Você se lembra de nós destroçando a parede do Grand Central Terminal? – perguntou Thor.

Banner continuou a olhar para cima.

– Vagamente...

– E você se lembra de que vencemos a criatura?

Banner balançou a cabeça.

– Para ser sincero, minha memória fica um pouco confusa quando o Hulk está envolvido na história.

Thor suspirou.

– Bem, então não há sentido algum em fazer minha próxima pergunta.

Banner olhou Thor de um jeito sério.

– Não, pergunte. E logo, antes de todos se reunirem aqui e a festa ficar completa na Stark.

– Está bem. Apenas presumo, com base em suas vagas lembranças, que você não se recorda de me esmurrar na estação.

Banner de novo balançou a cabeça.

– Não – disse ele. – Não; só lembro como aconteceu. *Bum!* E você foi voando. – O cientista deu um risinho para si mesmo.

Thor ficou incrédulo.

– Como você consegue se lembrar disso, mas tem apenas uma vaga lembrança de todo o resto?

O cientista encolheu os ombros.

– Talvez apenas me lembre dos bons momentos.

Banner sorriu para Thor, e os dois homens riram e tilintaram as taças.

BEM-VINDO AO MUNDO DE THOR

THOR

SKURGE

LOKI

VALQUÍRIA

O GRÃO-MESTRE

HULK

HELA

HEIMDALL

FONTE: Libre Baskerville
IMPRESSÃO: BMF

#Novo Século nas redes sociais

novo século®
www.gruponovoseculo.com.br